John Bunyan

O Peregrino

INTRODUÇÃO

O Peregrino, uma alegoria cristã escrita por John Bunyan, é considerado uma das obras mais significativas da literatura religiosa, e foi traduzido para mais de duas centenas de línguas. É o segundo livro cristão mais vendido de todos os tempos - depois da Bíblia, claro. Este clássico agora é recontado em forma de história em quadrinhos para adolescentes, jovens e adultos que desejam conhecer ou reencontrar a história de Bunyan, mas de forma inédita e surpreendente no estilo mangá. Originalmente publicado em dois volumes, a Lion Editora presenteia os seus leitores ao lançá-la em Língua Portuguesa em volume único, mas preservando internamente as suas subdivisões.

No Volume 1, a história do protagonista Cristão é centrada na incrível viagem que se inicia na sua cidade natal, a Cidade de Destruição (este mundo), rumo a Cidade Celestial (o Céu, que está por vir), mas não sem evitar as armadilhas do Vale da Humilhação. No Volume 2, Cristão se junta a Fiel, um ex-morador da Cidade da Destruição que o acompanha até a Cidade da Vaidade, onde ambos são presos por causa de seu desprezo pelas mercadorias e negócios daquela localidade. Esperança, uma residente desta cidade, acompanhará Cristão na parte final de sua aventura. Certamente você se emocionará com as surpresas e valores eternos que serão transmitidos ao longo destas páginas. Tenha uma boa jornada!

Autor: John Bunyan
Adaptação: Lee Tung e Johnny Wong
Ilustrações: Creator Art Studio
Diagramação: Jonatas Jacob, Thiago Gomes e Vinícius Amarante
Editor: Sinval Filho

www.lioneditora.com.br   @lioneditora

Copyright 2024 por Lion Editora
Todos os direitos reservados à Lion Editora e protegidos pela Lei n. 9.610, de 19/02/1998. É expressamente proibida a reprodução total ou parcial deste livro, por quaisquer meios eletrônicos, mecânicos, fotográficos, gravação e outros, sem prévia autorização por escrito da editora. A versão da Bíblia utilizada nas citações contidas nessa obra é a Nova Versão Internacional (NVI), salvo ressalvas do autor.

Este livro é uma publicação independente, cujas citações a quaisquer marcas ou personagens são meramente para efeito de estudo, paráfrase, crítica e informação.

Índice

Volume 1

Prólogo   Palavras de um Sonhador

1 Fuga da Cidade da Destruição — 7

2 Entrando pelo Portão — 21

3 Venha para a Casa do Intérprete — 47

4 Escalada da Colina da Dificuldade — 77

5 A Batalha no Vale — 107

PERSONAGENS

CRISTÃO   EVANGELISTA

OBSTINADO	FLEXÍVEL	AUXÍLIO	SÁBIO SEGUNDO O MUNDO	LEGALIDADE	CIVILIDADE	BOA VONTADE	INTÉRPRETE
PAIXÃO	PACIÊNCIA	DIABO	PRESUNÇÃO	PREGUIÇA	SIMPLES	HIPOCRISIA	FORMALISMO
DESCONFIANÇA	MEDROSO	VIGILANTE	PRUDÊNCIA	DISCRIÇÃO	PIEDADE	CARIDADE	APOLION
ANJO	DRAGÃO	ESPÍRITO MALIGNO	PAPA	PAGÃO	FIEL	PRIMEIRO ADÃO	MOISÉS
CRISTO	DESCONTENTE	VERGONHA	FALADOR	BELZEBU	ESPERANÇA	MALDADE	INVEJA
SUPERSTIÇÃO	GLÓRIA HUMANA	INTERESSE PRÓPRIO	AMANTE DO DINHEIRO	QUALQUER COISA	APEGO AO MUNDO	ARROGÂNCIA	GIGANTE DESESPERO
HESITAÇÃO	VIGILÂNCIA	IGNORÂNCIA	DESMOTIVADO	CULPA	PRESUNÇOSO	ANJO	ATEU

PRÓLOGO

PALAVRAS DE UM
SONHADOR

CHEGUEI A UM LUGAR
ONDE HAVIA UMA CAVERNA

QUANDO SEGUREI A PENA PELA PRIMEIRA VEZ, MINHA INTENÇÃO ERA ESCREVER UM PEQUENO LIVRO. NAQUELE MOMENTO, NÃO COMPREENDI QUE NÃO SE TRATARIA DE UM SIMPLES LIVRO. MESMO QUANDO JÁ ESTAVA QUASE TERMINADO, PARA MIM AINDA PARECIA UMA OBRA PEQUENA.

ESTE LIVRO FALA SOBRE UM HOMEM QUE BUSCA A ETERNIDADE. MOSTRA DE ONDE ELE VEM, PARA ONDE VAI E AS COISAS QUE DEIXA INACABADAS; MOSTRA TAMBÉM AS COISAS QUE FEZ. EXPÕE COMO ELE CORRE E SE EMPENHA, ATÉ QUE SEUS PASSOS E SUAS ESCOLHAS O LEVAM AOS PORTÕES CELESTIAIS.

ESTE LIVRO RETRATA TAMBÉM AQUELES QUE LUTAM E SE APEGAM À VIDA, QUE LUTAM E SE CANSAM PARA ALCANÇAR O SUCESSO DESEJADO. MAS QUE, NO FINAL, SE DÃO CONTA DE QUE TUDO O QUE CONSEGUIRAM FOI CORRER E SE CANSAR EM VÃO!

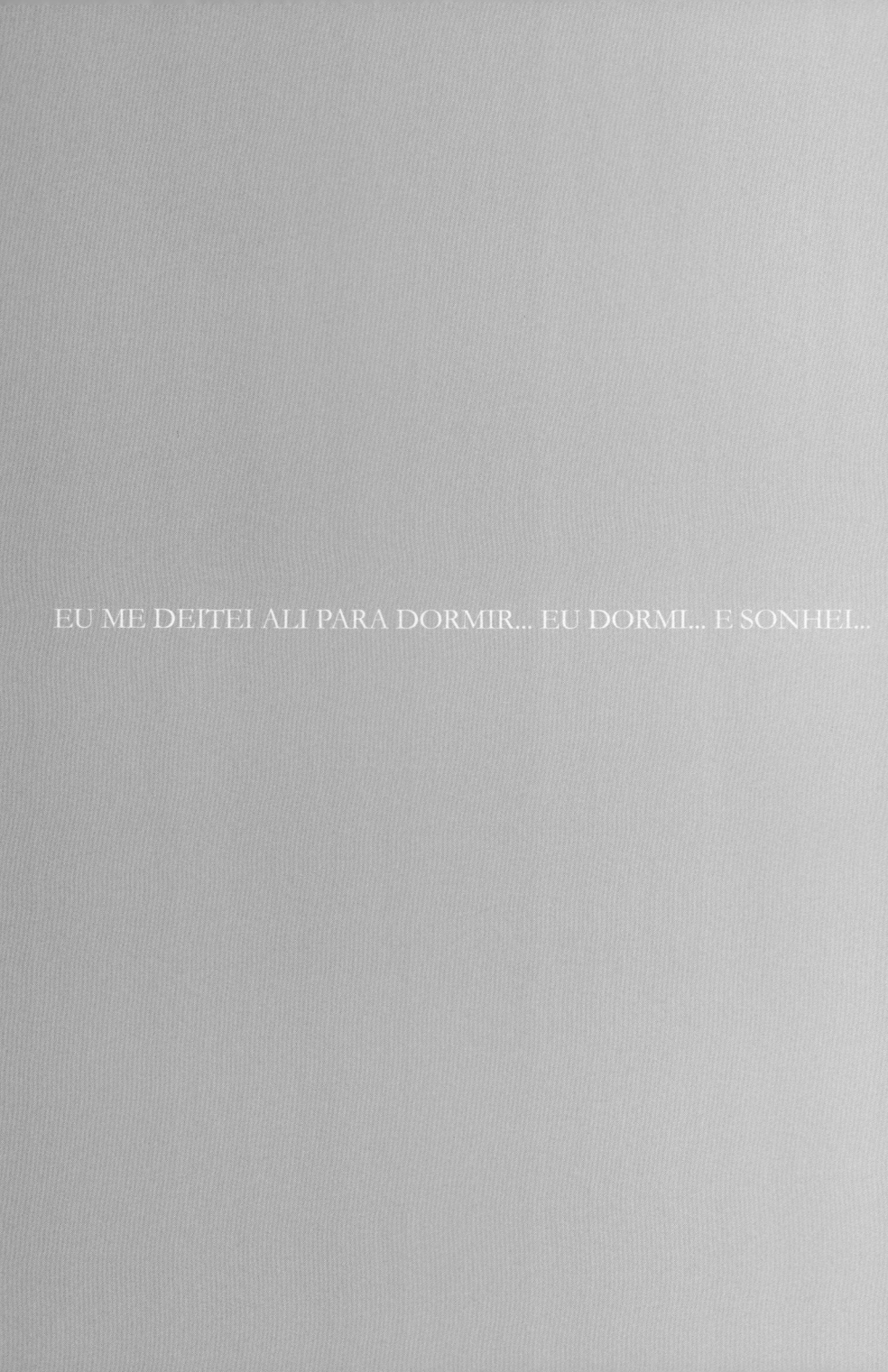

EU ME DEITEI ALI PARA DORMIR... EU DORMI... E SONHEI...

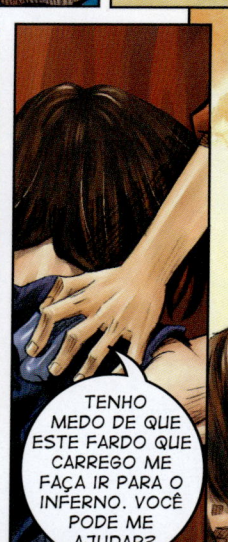

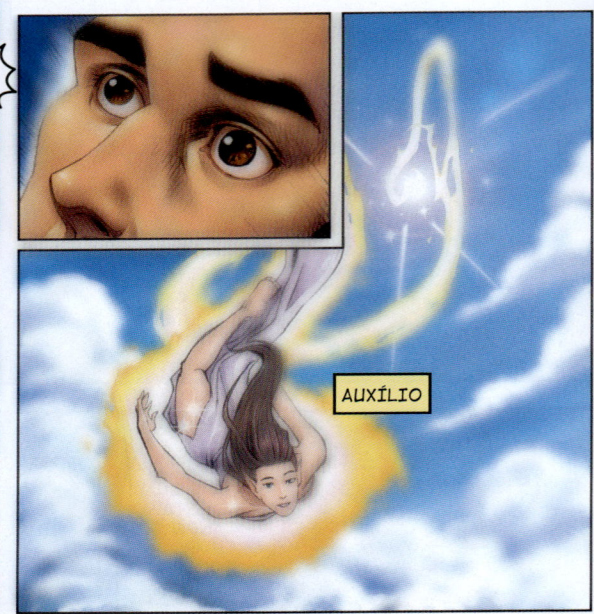

OHH!

AUXÍLIO

AUXÍLIO ESTENDEU A MÃO E O AJUDOU A SAIR DA LAMA.

VOU COLOCAR VOCÊ EM SOLO FIRME.

OBRIGADO!

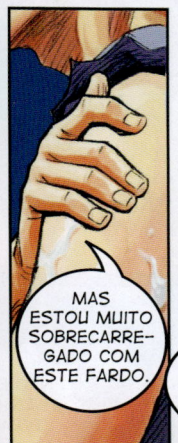

JÁ ERA NOITE. A MONTANHA PARECIA TERRIVELMENTE ALTA E HAVIA PENHASCOS PERIGOSOS E ÍNGREMES.

ALGUMAS PEDRAS SOLTAS CAÍAM SOBRE ELE.

FAGULHAS DE FOGO VOAVAM NO TOPO DO PENHASCO. PARA CRISTÃO, PARECIA QUE A MONTANHA DESABARIA SOBRE SUA CABEÇA!

O EVANGELISTA FOI SE APROXIMANDO, OLHANDO PARA CRISTÃO COM EXPRESSÃO SÉRIA.

CRISTÃO NÃO TINHA UMA RESPOSTA.

O QUE VOCÊ ESTÁ FAZENDO AQUI, CRISTÃO?

POR QUE VOCÊ SE DESVIOU COM TAMANHA FACILIDADE?

EU DEVO RETORNAR AGORA?

A FACE DE EVANGELISTA RESPLANDECIA CHEIA DE LUZ.

O SEU PECADO É GRANDE. VOCÊ ABANDONOU O BOM CAMINHO E PASSOU A ANDAR POR CAMINHOS PROIBIDOS.

MAS O PORTÃO ESTARÁ ABERTO PARA AQUELES QUE SE ARREPENDEM.

SOMENTE CUIDE PARA NÃO SE DESVIAR OUTRA VEZ!

35

CRISTÃO ASSUMIU CONSIGO MESMO O PROPÓSITO DE VOLTAR ATRÁS E SE APRESSOU NA DIREÇÃO DO SEU OBJETIVO.

— SENHOR, QUER TOMAR UM CHÁ?

CRISTÃO SEGUIU EM FRENTE APRESSADAMENTE, SEM FALAR COM NINGUÉM NA ESTRADA.

— HÁ UM ANIMAL SELVAGEM LÁ ADIANTE. MEU FILHO FOI MORTO...

— AONDE VOCÊ ESTÁ INDO?

— VOCÊ ESTÁ INDO PARA O INFERNO?

— SENHOR, DESCANSE UM POUCO...

— SENHOR, ESTOU FAMINTO!

CRISTÃO CHEGAVA CADA VEZ MAIS PERTO DO PORTÃO.

ESTOU NA FRENTE DO PORTÃO.

ELE SE LEMBROU DAS PALAVRAS DO EVANGELISTA.

ESTREITA É A PORTA E APERTADO O CAMINHO QUE LEVA À VIDA! SÃO POUCOS OS QUE A ENCONTRAM!

POR QUE?

AQUELES QUE ENCONTRAM A SUA VIDA A PERDERÃO.

SE ALGUÉM VEM A MIM E AMA O SEU PAI, SUA MÃE, SUA MULHER, SEUS FILHOS, SEUS IRMÃOS E IRMÃS, E ATÉ SUA PRÓPRIA VIDA MAIS DO QUE A MIM, NÃO PODE SER MEU DISCÍPULO.

CRISTÃO CHEGOU AO PORTÃO.

Bata e a porta será aberta para você

TOC, TOC!

CRISTÃO BATEU VÁRIAS VEZES.

FINALMENTE UMA MULHER ABRIU O PORTÃO.

QUEM É VOCÊ? DE ONDE VEM? O QUE VOCÊ DESEJA?

"SOU UM POBRE PECADOR SOBRECARREGADO. VENHO DA CIDADE DA DESTRUIÇÃO, MAS ESTOU INDO PARA O MONTE SIÃO."

SUBITAMENTE, PORÉM, O PORTÃO SE FECHOU. CRISTÃO FICOU MUITO DESAPONTADO.

UMA FLECHA VEIO VOANDO E QUASE ATINGIU CRISTÃO.

SWOOSH!!

POP!!

OHH!!

OHH!! SOCORRO!! SOCORRO!!

SWOOSH!!

40

ACABOU!!

O QUÊ?!

A MULHER QUE GUARDAVA O PORTÃO INTERCEPTOU UMA FLECHA COM UMA MÃO E PUXOU CRISTÃO PARA DENTRO COM A OUTRA.

AS FLECHAS SÃO ATIRADAS DO PALÁCIO DE BELZEBU, QUE FICA AQUI PERTO. BELZEBU E SEUS SEGUIDORES TENTAM MATAR TODOS AQUELES QUE SE APROXIMAM DO PORTÃO.

A SEGUIR, ELA FECHOU O PORTÃO. CRISTÃO AINDA TREMIA.

VENHA COMIGO!

FELIZMENTE O PORTÃO ESTAVA ABERTO PARA MIM.

UMA PORTA ABERTA FOI COLOCADA DIANTE DE VOCÊ E NINGUÉM PODE FECHÁ-LA.

BOA VONTADE

CASTELO DE BELZEBU

POR FAVOR, ME ACOMPANHE.

BOA VONTADE LEVOU CRISTÃO ATÉ UM JARDIM.

QUE LUGAR LINDO!

ALI, OS DOIS SE SENTARAM À SOMBRA DE UMA ÁRVORE. ELA LHE OFERECEU UMA BEBIDA.

BEBA ISTO.

VOCÊ ESTÁ COM MEDO?

NÃO. ESTOU GRATO PORQUE DEVIA TER MORRIDO NO PÉ DO MONTE SINAI.

FOI O SR. SÁBIO SEGUNDO O MUNDO QUE O MANDOU IR LÁ? ELE JÁ ENGANOU MUITOS PEREGRINOS. A MONTANHA DA LEGALIDADE JÁ CAUSOU MUITAS MORTES E AINDA CAUSARÁ MUITAS OUTRAS.

EU NÃO SEI O QUE TERIA ACONTECIDO COMIGO LÁ, MAS FELIZMENTE EVANGELISTA ME ENCONTROU.

É A MISERICÓRDIA DE DEUS! ELE DIZ: "QUEM VIER A MIM, EU JAMAIS REJEITAREI."

VOU LHE MOSTRAR O CAMINHO QUE DEVE SEGUIR.

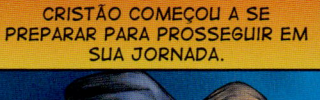

> DE REPENTE, UM CAMINHO ESTREITO E RETO SURGIU DIANTE DELES, BRILHANDO À LUZ DA LUA.

"ESTE CAMINHO FOI CONSTRUÍDO COM O SANGUE DOS PATRIARCAS, PROFETAS, APÓSTOLOS E DE CRISTO."

"QUER DIZER QUE DEVO SEGUIR ESTE CAMINHO ESTREITO?"

"HÁ MUITOS OUTROS CAMINHOS, MAIS LARGOS E MAIS FÁCEIS; MAS ESTE É O CAMINHO CERTO, ESTREITO E RETO."

> CRISTÃO COMEÇOU A SE PREPARAR PARA PROSSEGUIR EM SUA JORNADA.

"BEM, VOU SEGUIR MEU CAMINHO."

"QUANDO VOCÊ CHEGAR AO LOCAL DO LIVRAMENTO, O FARDO QUE CARREGA CAIRÁ POR SI MESMO."

QUANDO SE AFASTAR DO PORTÃO, LOGO CHEGARÁ À CASA DO INTÉRPRETE.

CASA DO INTÉRPRETE

3 Venha para a Casa do Intérprete

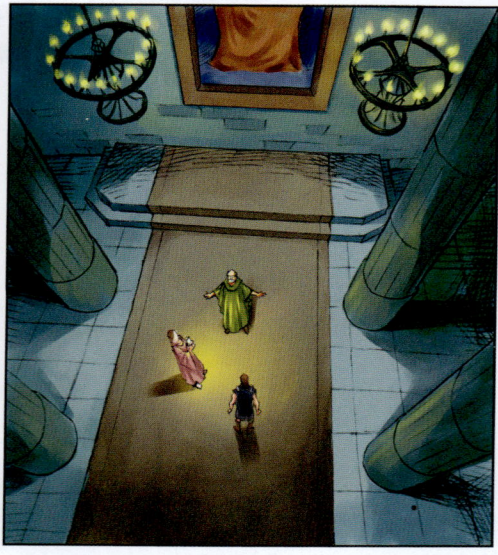

UM HOMEM DE MEIA-IDADE, DE APARÊNCIA BONDOSA E SÁBIA, ESTAVA PARADO NA ENTRADA. ELE SORRIU PARA CRISTÃO.

BEM-VINDO À CASA DO INTÉRPRETE!

INTÉRPRETE

VOU LHE MOSTRAR COISAS MUITO ÚTEIS.

ELE CONDUZIU CRISTÃO PARA O INTERIOR DA CASA E DEU ORDEM A UM SERVO PARA ABRIR UMA PORTA.

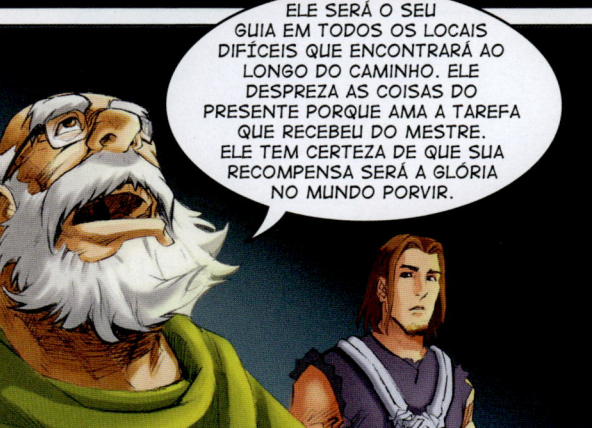

— VEJA!

— O QUE ISSO SIGNIFICA?

— OBSERVE COMO A BÍBLIA ESTÁ EM SUAS MÃOS, A LEI DA VERDADE ESCRITA EM SEUS LÁBIOS E O MUNDO ÀS SUAS COSTAS.

— ELE SERÁ O SEU GUIA EM TODOS OS LOCAIS DIFÍCEIS QUE ENCONTRARÁ AO LONGO DO CAMINHO. ELE DESPREZA AS COISAS DO PRESENTE PORQUE AMA A TAREFA QUE RECEBEU DO MESTRE. ELE TEM CERTEZA DE QUE SUA RECOMPENSA SERÁ A GLÓRIA NO MUNDO PORVIR.

NÃO ESQUEÇA O QUE LHE MOSTREI, POIS EM SUA JORNADA ENCONTRARÁ INDIVÍDUOS QUE FINGIRÃO DAR INFORMAÇÕES CORRETAS, MAS APONTARÃO CAMINHOS QUE LEVAM À MORTE.
EM SEGUIDA, ELE LEVOU CRISTÃO A UMA ENORME SALA DE RECEPÇÃO. A SALA ESTAVA CHEIA DE POEIRA, POIS NÃO ERA VARRIDA HÁ ALGUM TEMPO.
COF! COF!
O QUE É ISTO??
É O SEU CORAÇÃO. A POEIRA É O PECADO E A CORRUPÇÃO INTERIOR QUE TORNARAM TODO HOMEM IMPURO.
LEI!! VENHA LIMPAR ESTA SALA!
CRISTÃO ESTAVA CONFUSO.
CRISTÃO ESTAVA QUASE SUFOCADO PELA POEIRA.
PARE!!
QUANDO A LEI COMEÇOU A VARRER, A POEIRA COMEÇOU A SE ESPALHAR.

O INTÉRPRETE DISSE À GAROTA AO SEU LADO:

É A SUA VEZ AGORA.

A GAROTA COMEÇOU A JOGAR ÁGUA NO CHÃO DA SALA.

ELA SE CHAMA EVANGELHO, E PODE LIMPAR O SEU CORAÇÃO.

A SALA FOI FACILMENTE LIMPA.

O QUE ISSO QUER DIZER?

A LEI REVELA E CONDENA O PECADO, MAS NÃO TEM O PODER DE DOMINÁ-LO.

PELO CONTRÁRIO, A LEI DE FATO FORTALECE E AMPLIA O PECADO NA ALMA.

"ASSIM COMO A JOVEM DOMINOU A POEIRA ESPALHANDO ÁGUA, DA MESMA FORMA A INFLUÊNCIA DO EVANGELHO NO CORAÇÃO DOMINA E VENCE O PECADO. A ALMA FICA LIMPA POR MEIO DA FÉ NO EVANGELHO E SE TORNA HABITÁVEL PARA O REI DA GLÓRIA."

O INTÉRPRETE LEVOU CRISTÃO ATÉ UMA SALA ONDE HAVIA DUAS JOVENS SENTADAS. UMA SE CHAMAVA PAIXÃO E A OUTRA, PACIÊNCIA. PAIXÃO PARECIA AGITADA, ENQUANTO PACIÊNCIA PERMANECIA QUIETA.

"QUANTO TEMPO AINDA VAMOS TER QUE ESPERAR?"

PACIÊNCIA

PAIXÃO

UM HOMEM SE APROXIMOU DE PAIXÃO TRAZENDO UMA CAIXA FECHADA. PAIXÃO FICOU MUITO FELIZ AO VÊ-LO.

PERMITA-ME, MADAME...

UAU!!

O GUARDIÃO DELAS DESEJA QUE ESPEREM ATÉ O INÍCIO DO PRÓXIMO ANO PARA RECEBEREM UM MELHOR TESOURO.

O HOMEM ESPALHOU O TESOURO CONTIDO NA CAIXA NO CHÃO, AOS PÉS DE PAIXÃO. ELA COMEÇOU A JUNTAR TUDO, MUITO FELIZ.

ISSO É MUITO LINDO!

PAIXÃO DESEJA TER TUDO DE IMEDIATO. PACIÊNCIA, PORÉM, ESTÁ DISPOSTA A ESPERAR.

VOCÊ É UMA IDIOTA! VAI CONTINUAR ESPERANDO? OLHE PARA MIM!!

"PAIXÃO QUER TUDO DESTE MUNDO EXATAMENTE AGORA."

"AS DUAS JOVENS SÃO SÍMBOLOS. FIGURATIVAMENTE, PAIXÃO REPRESENTA AS PESSOAS DESTE MUNDO. PACIÊNCIA REPRESENTA AS PESSOAS DO MUNDO VINDOURO."

INTÉRPRETE LEVOU CRISTÃO À OUTRA SALA.

"POSSO SABER QUAL SERÁ O FUTURO DA PACIÊNCIA?"

"VOCÊ SE LEMBRA DA HISTÓRIA DO HOMEM RICO E DE LÁZARO?"

"PAIXÃO BUSCA SEMPRE A SATISFAÇÃO IMEDIATA. COMO VOCÊ VIU, ELA GASTA TUDO RAPIDAMENTE E LOGO FICA SEM NADA NAS MÃOS."

OS DOIS CHEGARAM DIANTE DE OUTRA PORTA.

LÁZARO ENCONTROU CONFORTO APÓS A MORTE, ENQUANTO O HOMEM RICO ENCONTROU AGONIA.

CUIDADO COM O FOGO!

LEMBRE-SE: AQUILO QUE VEMOS É TEMPORAL, ENQUANTO O QUE NÃO VEMOS É ETERNO. ESPERO QUE VOCÊ SAIBA ESCOLHER BEM.

HAVIA FOGO PERTO DE UMA DAS PAREDES E UM INDIVÍDUO CONTINUAMENTE JOGAVA ÁGUA NO FOGO, TENTANDO APAGÁ-LO.

EM VEZ DE DIMINUIR, O FOGO CRESCIA E FICAVA MAIS INTENSO.

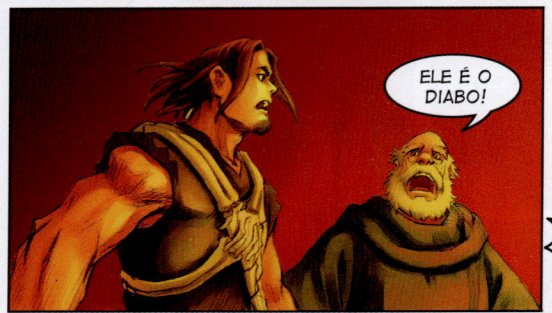

CRISTÃO QUERIA AJUDAR, MAS INTÉRPRETE O SEGUROU.

DEIXE-ME AJUDÁ-LO!

ELE É O DIABO!

O QUÊ???

DIABO

HE HE HE!!

ESTE FOGO É A GRAÇA OPERANDO NOS CORAÇÕES. O DIABO JOGA ÁGUA PARA TENTAR APAGAR E EXTINGUIR A OBRA DA GRAÇA. MAS, COMO VOCÊ VIU, O FOGO SÓ AUMENTA E FICA MAIS INTENSO.

VAMOS OLHAR ATRÁS DA PAREDE.

VOCÊ VERÁ E ENTENDERÁ.

ATRÁS DA PAREDE HAVIA UM HOMEM ESCONDIDO, COM UM BALDE NAS MÃOS, DERRAMANDO CONTINUAMENTE ÓLEO SOBRE O FOGO.

AQUELE BALDE CONTÉM ÓLEO.

QUEM É O HOMEM?

ELE É CRISTO. ELE MANTÉM A OBRA QUE JÁ FOI INICIADA NOS CORAÇÕES DERRAMANDO O ÓLEO DA SUA GRAÇA.

POR QUE ELE FICA ATRÁS DA PAREDE?

INTÉRPRETE SEGUROU NOVAMENTE A MÃO DE CRISTÃO.
PARA NOS ENSINAR O QUÃO DIFÍCIL É. PARA AJUDAR AQUELES QUE SÃO TENTADOS A ENXERGAREM COMO A OBRA DA GRAÇA PERMANECE EM SEUS CORAÇÕES.
UAU!! QUE LINDO PALÁCIO! AQUI É A CIDADE CELESTIAL?
ELES SÃO OS CIDADÃOS DA CIDADE CELESTIAL?

HAVIA SOLDADOS NO PORTÃO, BLOQUEANDO A ENTRADA.

UM GRANDE NÚMERO DE PESSOAS PERMANECIA NA ENTRADA, DESEJANDO ENTRAR, MAS TEMIAM OS SOLDADOS. HAVIA UM HOMEM SENTADO NUMA MESA. ELE ANOTAVA O NOME DE TODOS AQUELES QUE DESEJAVAM ENTRAR PELOS PORTÕES. CRISTÃO ESTAVA SURPRESO POR VER QUE OS SOLDADOS ESTAVAM DISPOSTOS A FERIR AQUELES QUE ENTRASSEM.

VOCÊ VAI PRIMEIRO.

QUEM DESEJA ENTRAR?

VOCÊ...

PODE ESCREVER MEU NOME!

O HOMEM COLOCOU O CAPACETE, DESEMBAINHOU A ESPADA E SE DIRIGIU AO PORTÃO, PARA ENFRENTAR OS SOLDADOS.

IÁÁÁÁÁÁ!!!!

YEOWW!
WHACK
EEAAGHH!
THUD!
OS SOLDADOS ATACARAM FURIOSAMENTE! NO ENTANTO, EM VEZ DE RECUAR, O HOMEM OS ATACOU BRAVAMENTE.
WHAAA...?!
Whack!
DETENHAM-NO!!
Hooh!
Ah!

BEM-VINDO!
ENTRE! ENTRE! A GLÓRIA ETERNA VOCÊ ACABA DE GANHAR!
VOCÊ COMBATEU O BOM COMBATE!!
ACHO QUE ENTENDI O SIGNIFICADO DISSO TUDO. VOU CONTINUAR A MINHA JORNADA.
NÃO! FIQUE, PORQUE TENHO MAIS A LHE MOSTRAR.

CLIC!

A SALA ESTAVA ESCURA E HAVIA UM HOMEM PRESO NUMA JAULA DE FERRO. MUITO TRISTE, O HOMEM MANTINHA OS OLHOS BAIXOS E AS MÃOS JUNTAS. ELE SUSPIRAVA COMO SE O SEU CORAÇÃO FOSSE PARAR.

JAULA DO DESESPERO

ELE É...
ELE ERA UM PEREGRINO, COMO VOCÊ.
COMO VOCÊ CHEGOU A ESTA CONDIÇÃO?
EU ERA UM HOMEM MUITO RELIGIOSO.
EU ME CONSIDERAVA UM FORTE CANDIDATO A UM LAR NA CIDADE CELESTIAL. NO ENTANTO, PAREI DE VIGIAR E PERDI O DOMÍNIO PRÓPRIO.
PERDI AS RÉDEAS DOS MEUS DESEJOS. ENTRISTECI O ESPÍRITO SANTO, CAÍ NAS TENTAÇÕES DO DIABO E PROVOQUEI A IRA DE DEUS.
MEU CORAÇÃO FICOU TÃO ENDURECIDO QUE NÃO CONSIGO ME ARREPENDER.

— DEUS É MUITO BONDOSO. ELE VAI PERDOAR VOCÊ E LIVRÁ-LO DA JAULA DO DESESPERO.

— DEUS REJEITOU MEU ARREPENDIMENTO.

— POR QUE??

— PORQUE EU O CRUCIFICARIA NOVAMENTE!

— EU CRUCIFIQUEI JESUS DE NOVO, TRATEI SEU SANGUE COMO ALGO SEM VALOR E INSULTEI O ESPÍRITO DA GRAÇA.

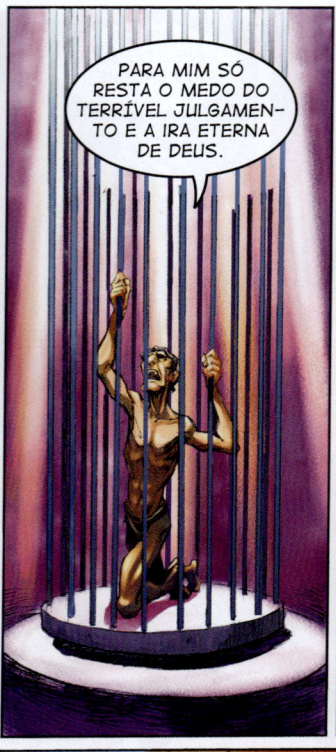

EU FECHEI TODAS AS PORTAS DE ESPERANÇA E ME TRANQUEI NA JAULA DO DESESPERO.

PARA MIM SÓ RESTA O MEDO DO TERRÍVEL JULGAMENTO E A IRA ETERNA DE DEUS.

NÃO HÁ MAIS ESPERANÇA PARA ESTE HOMEM?

SÓ SABEREMOS NO DIA DO JULGAMENTO.

LEMBRE-SE DA MISÉRIA DESTE HOMEM E QUE SIRVA SEMPRE DE AVISO PARA VOCÊ!

QUE DEUS SEMPRE ME AJUDE A VIGIAR, TER DOMÍNIO PRÓPRIO E ORAR, A FIM DE EVITAR A CAUSA DA MISÉRIA DESTE HOMEM!

SENHOR, NÃO ESTÁ NA HORA DE CONTINUAR MINHA JORNADA?

PRECISO TE MOSTRAR SÓ MAIS UMA SALA.

DENTRO DA SALA, UM HOMEM SE LEVANTAVA DE UMA CAMA. ELE TREMIA AO VESTIR AS ROUPAS.

POR QUE AQUELE HOMEM TREME TANTO?

EU SONHEI QUE O CÉU SE TORNAVA CADA VEZ MAIS NEGRO E TENEBROSO. HAVIA TANTOS TROVÕES E RELÂMPAGOS QUE EU FIQUEI ASSUSTADO.

CRACK! CABUMMM!

No meu sonho, vi as nuvens se afastando com grande rapidez. Então houve um som de trombetas. Vi um homem sentado sobre uma nuvem, com seres celestiais à sua volta. Eles estavam cercados por labaredas flamejantes e o céu também parecia incendiar.

69

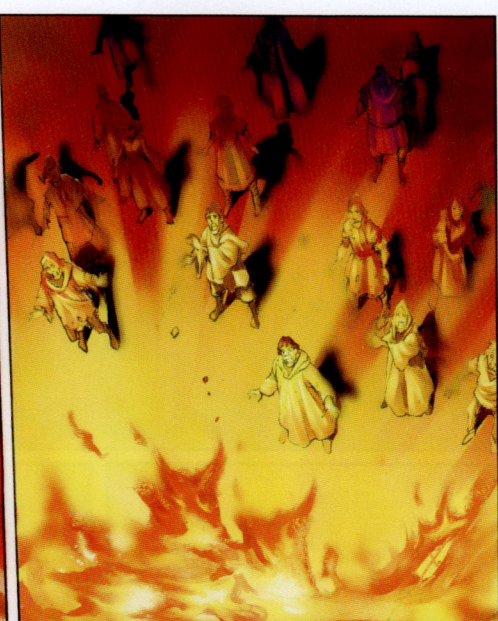

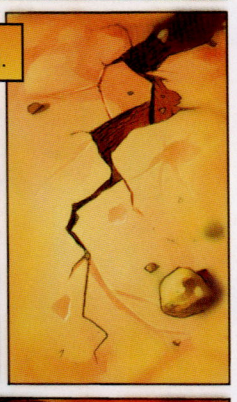

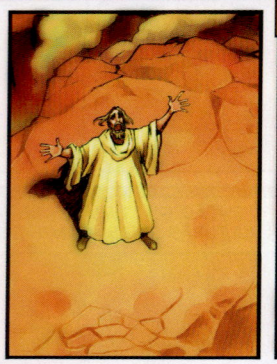

ALGUNS MORTOS PARECIAM FELIZES E OLHAVAM PARA CIMA. OUTROS TENTAVAM SE ESCONDER ATRÁS DAS ROCHAS.

ENTÃO O HOMEM SENTADO NA NUVEM ABRIU UM LIVRO.

APROXI-MEM-SE TODOS!

JUNTEM MEU TRIGO NO CELEI-RO!

VI MUITAS PESSOAS SEREM ATRAÍDAS PARA AS NUVENS, MAS EU FUI DEIXADO PARA TRÁS.

70

— COMECEI A LEMBRAR DOS MEUS PECADOS E SENTIA MINHA CONSCIÊNCIA ME ACUSANDO. ENTÃO ACORDEI DO SONHO.

— TODAS ESSAS COISAS ME TRAZEM ESPERANÇA E TAMBÉM TEMOR.

— NÃO SE ESQUEÇA DESSAS COISAS.

Cristão começou a se preparar para seguir sua jornada.

— QUE O ESPÍRITO SANTO SEMPRE ESTEJA COM VOCÊ E O MANTENHA NO CAMINHO QUE LEVA À CIDADE CELESTIAL!

— QUE ESSAS COISAS O MOTIVEM E O AJUDEM NO CAMINHO QUE DEVE SEGUIR!

MURO DO LIVRAMENTO

Cristão correu ladeira acima, com muita dificuldade por causa do peso que carregava.

— UUFA!!

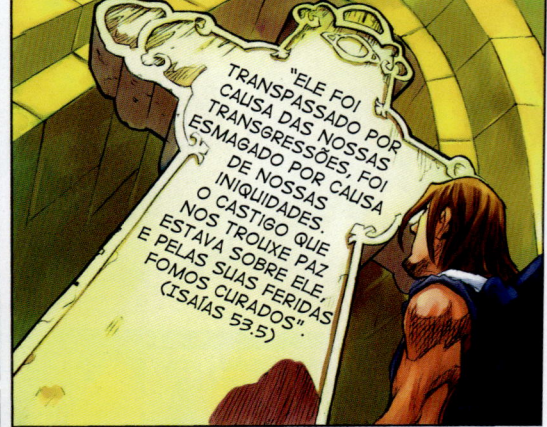

ARF! ARF! UUFA!

ESTE FARDO É MUITO PESADO!

ISSO É...

"ELE FOI TRANSPASSADO POR CAUSA DAS NOSSAS TRANSGRESSÕES, FOI ESMAGADO POR CAUSA DE NOSSAS INIQUIDADES. O CASTIGO QUE NOS TROUXE PAZ ESTAVA SOBRE ELE, E PELAS SUAS FERIDAS FOMOS CURADOS". (ISAÍAS 53,5)

MISERICÓRDIA! GRAÇA!

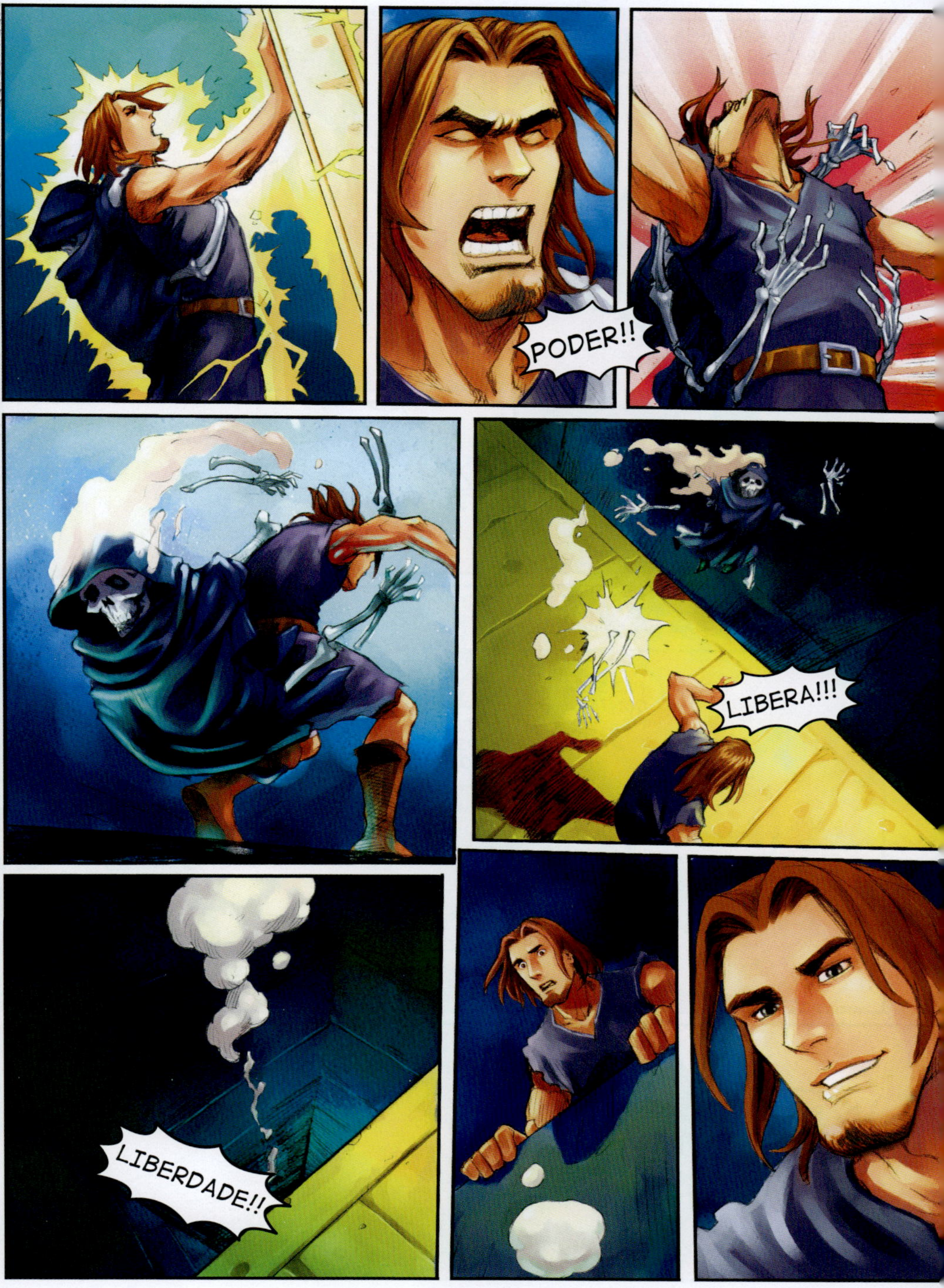
PODER!!
LIBERA!!!
LIBERDADE!!

CRISTÃO SENTIA-SE ALIVIADO. LÁGRIMAS DE GRATIDÃO CORRERAM PELO SEU ROSTO.

MEU FARDO DE PECADOS??

SUMIU!!

SIM!!

OHH!!

TRÊS HOMENS BRILHANTES SE APROXIMARAM DE CRISTÃO. ELE OS OLHOU ESPANTADO.

PAZ SEJA CONTIGO!

SEUS PECADOS FORAM PERDOADOS.

OHH!!

ROUPAS NOVAS PARA VOCÊ.

O SEGUNDO HOMEM TIROU-LHE OS TRAPOS QUE ESTAVA USANDO, VESTINDO-O COM ROUPAS NOVAS.

O TERCEIRO HOMEM FEZ UMA MARCA EM SUA TESTA.

COLOCAREI UMA MARCA EM VOCÊ.

75

ESTE É UM LIVRO COM UM SELO.

LEVE-O ENQUANTO VIAJA E ENTREGUE-O À PESSOA NO PORTÃO DA CIDADE CELESTIAL.

LONGE CHEGUEI CARREGANDO MEUS PECADOS,
NADA PODIA ALIVIAR A MINHA TRISTEZA INTERIOR!
ATÉ QUE CHEGUEI A ESTE LUGAR MARAVILHOSO!
AQUI SERÁ O INÍCIO DE MINHA NOVA VIDA!

TUDO AQUI É TÃO BRILHANTE.

YUHUU! AGORA SOU UM NOVO HOMEM!!

4 Escalada da Colina da Dificuldade

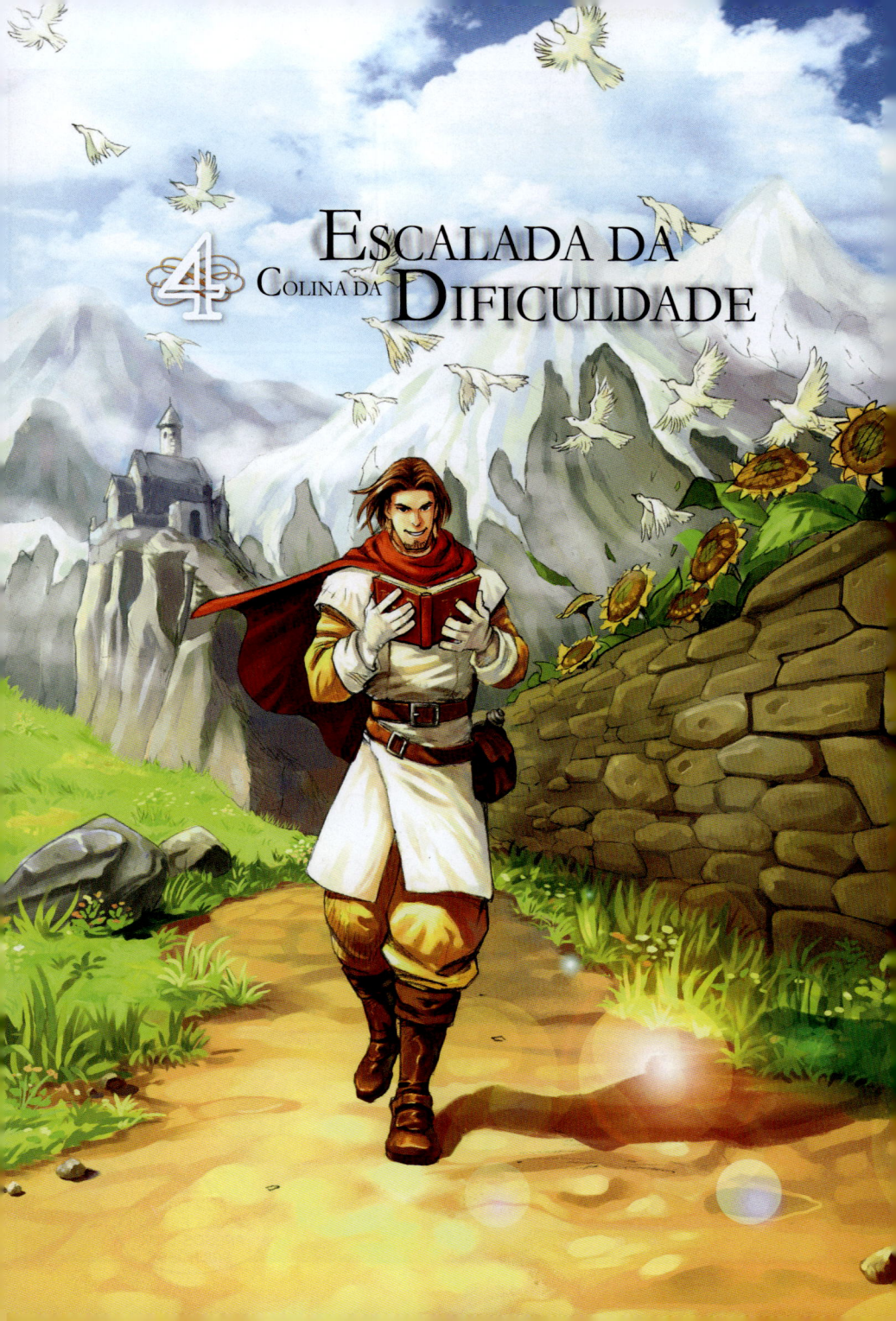

CRISTÃO SEGUIU SEU CAMINHO CANTAROLANDO UMA CANÇÃO, ATÉ QUE CHEGOU AO PÉ DA COLINA. ALI O CAMINHO ERA ESTREITO, COM UM MURO DO LADO ESQUERDO E UM PRECIPÍCIO DO LADO DIREITO.

AHHH!!

POR QUE VOCÊS ESTÃO DORMINDO AQUI?

OHHH!!

TRÊS HOMENS ESTAVAM DORMINDO A POUCOS METROS DO CAMINHO. TINHAM GRILHÕES NOS TORNOZELOS.

POR QUE VOCÊS ESTÃO PRESOS COM GRILHÕES?

PRESUNÇÃO

PREGUIÇOSO

SIMPLES

VOCÊS ESTÃO EM PERIGO! O DIABO FICA RONDANDO COMO UM LEÃO. SE ELE CHEGAR AQUI, VOCÊS SERÃO UMA PRESA FÁCIL!

CADA PESSOA DEVE CUIDAR DA SUA PRÓPRIA VIDA!

NÃO VEJO PERIGO NENHUM.

DEIXE-ME DORMIR MAIS UM POUCO!

AHHH...

INCORRIGÍVEIS!

Os três pegaram no sono outra vez.

CRISTÃO VIU DOIS HOMENS PULANDO O MURO DO LADO ESQUERDO DO CAMINHO.

HÃ??

HIPOCRISIA

FORMALISMO

HÁ! QUE ATALHO BOM!

OS DOIS SE APROXIMARAM DE CRISTÃO.

MEU BOM AMIGO, PARA QUE LADO FICA O MONTE SIÃO?

COMO É?

SE QUEREM IR PARA O MONTE SIÃO, DEVEM PARAR DE USAR ATALHOS!

NÓS NASCEMOS NA TERRA DA VANGLÓRIA E ESTAMOS INDO PARA O MONTE SIÃO PARA LOUVAR! VOCÊ OUSA NOS DIZER QUE NÃO PODEMOS FICAR AQUI? QUER A RECOMPENSA SÓ PARA VOCÊ?

— POR QUE VOCÊS NÃO PASSAM PELO PORTÃO NO INÍCIO DO CAMINHO? NÃO SABEM QUE ESTÁ ESCRITO: "AQUELE QUE NÃO ENTRA PELA PORTA, MAS SOBE POR OUTRO LUGAR, É LADRÃO E ASSALTANTE?"

— O PORTÃO FICA MUITO LONGE... POR QUE NÃO PEGA UM ATALHO E PULA O MURO?

— NÃO!!!

— NÃO SE PREOCUPE CONOSCO. AS PESSOAS TÊM ANDADO POR ATALHOS HÁ MAIS DE DOIS MIL ANOS. QUALQUER JUIZ CONSIDERARIA ISSO NORMAL.

— NÃO É O QUE A BÍBLIA ENSINA. VOCÊS NÃO PODERÃO SER SALVOS E NEM TRARÃO NA CIDADE CELESTIAL, MESMO QUE CHEGUEM AO MONTE SIÃO.

— MAS É A LEI DOS HOMENS, NÃO DE DEUS! ESTE LIVRO DIZ QUE VOCÊS DEVEM PASSAR PELO PORTÃO E PEGAR O CAMINHO ESTREITO!

— BAH!

— NÓS NUNCA OUVIMOS ESTAS COISAS.

— VOCÊ SEGUE O SEU CAMINHO. NÓS TEMOS O NOSSO PRÓPRIO CAMINHO.

LOGO ADIANTE, CRISTÃO ENCONTROU UMA PLACA INDICANDO: "COLINA DA DIFICULDADE".

— HMMM...

— UAU!!

COLINA DA DIFICULDADE

CRISTÃO FOI ATÉ A FONTE E BEBEU UM GOLE DE ÁGUA PARA SE REFRESCAR.

A COLINA ERA ALTA E ÍNGREME. SÓ ENTÃO OS DOIS OUTROS HOMENS CHEGARAM AO PÉ DA COLINA.

EI! TOME CUIDADO.

ELE ESTÁ INDO PELO CAMINHO MAIS DIFÍCIL! QUE IDIOTA!

OS HOMENS OLHARAM PARA OS OUTROS DOIS CAMINHOS.

EU ACHO QUE DO OUTRO LADO DA COLINA ESSES DOIS CAMINHOS SE JUNTAM AO CAMINHO QUE CRISTÃO ESCOLHEU.

DESTRUIÇÃO

PERIGO

ÓTIMO! EU VOU POR AQUI.

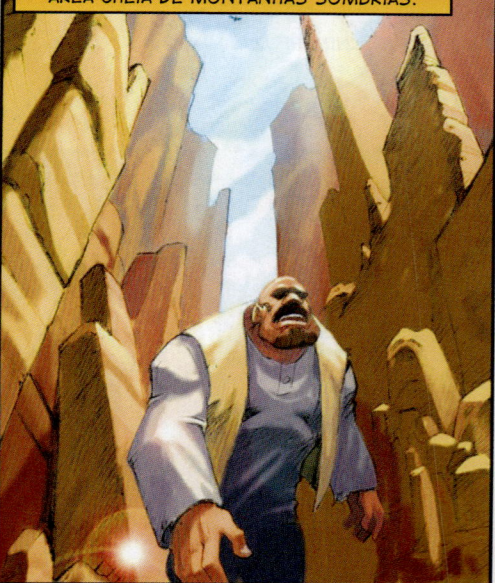

HIPOCRISIA ESCOLHEU O CAMINHO CHAMADO PERIGO, QUE O LEVOU A UMA GRANDE FLORESTA.

HIPOCRISIA FICOU ASSUSTADO.

ONDE EU ESTOU?

FORMALISMO SEGUIU DIRETO PELO CAMINHO DA DESTRUIÇÃO, ATÉ CHEGAR A UMA GRANDE ÁREA CHEIA DE MONTANHAS SOMBRIAS.

A JANELA

AGORA POSSO DESCANSAR UM POUCO.

UUFA!!

MAIS OU MENOS A MEIO CAMINHO DO TOPO, HAVIA UMA PRAÇA AGRADÁVEL CHAMADA "A JANELA".

NOS DIAS DIFÍCEIS, O SENHOR SEMPRE ABRE UMA JANELA PARA NÓS.

CRISTÃO PEGOU O LIVRO E COMEÇOU A LER.

AS PALAVRAS ERAM CONFORTADORAS. ELE FICOU SONOLENTO E DORMIU.

THUD!

ENQUANTO DORMIA, O LIVRO CAIU DE SUA MÃO.

| CRISTÃO DORMIU ATÉ QUASE O ANOITECER. | UM HOMEM SE APROXIMOU DELE E O ACORDOU. |

"OBSERVE A FORMIGA, PREGUIÇOSO! REFLITA NOS CAMINHOS DELA E SEJA SÁBIO!"

"QUEM ESTÁ AÍ??"

"JÁ É MUITO TARDE."

NÃO HAVIA NINGUÉM POR PERTO.

CRISTÃO CORREU E LOGO CHEGOU AO TOPO DA COLINA.

"LOGO ESTARÁ ESCURO!"

"FINALMENTE CHEGUEI AO TOPO DA COLINA."

"UAU!!"

DOIS HOMENS SE APROXIMARAM DELE CORRENDO.

DESCONFIANÇA

MEDROSO

SENHORES, QUAL O PROBLEMA? VOCÊS ESTÃO CORRENDO NA DIREÇÃO ERRADA!

QUANTO MAIS LONGE NÓS VAMOS, MAIS PERIGOS NÓS ENFRENTAMOS!

LOGO ALI ADIANTE HÁ DOIS LEÕES NO MEIO DO CAMINHO. SE ELES NOS ALCANÇAREM, VÃO NOS DESPEDAÇAR!

ELE OLHOU PARA O TOPO DA COLINA ENQUANTO O SOL SE PUNHA.

VOLTANDO, VOCÊS ENCONTRARÃO APENAS MORTE.

MEDO DA MORTE... MAS A VIDA ETERNA!

CRISTÃO SEGUIU EM FRENTE COM AS PERNAS TRÊMULAS.

TALVEZ MEU LIVRO TENHA ALGUM CONFORTO...
OHH! ONDE ESTÁ O LIVRO?
CRISTÃO CORREU MONTANHA ABAIXO EM BUSCA DO LIVRO.
SOU UM HOMEM DEPLORÁVEL! DORMI DE DIA E AGORA ESTOU PERDIDO NO ESCURO!!

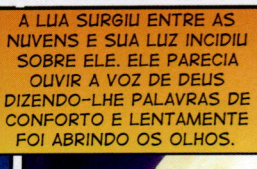

"ONDE ESTÁ O LIVRO??"

ELE CHEGOU DE VOLTA À PRAÇA, ONDE SE AJOELHOU E CHOROU.

"Ó, SENHOR!!!"

A LUA SURGIU ENTRE AS NUVENS E SUA LUZ INCIDIU SOBRE ELE. ELE PARECIA OUVIR A VOZ DE DEUS DIZENDO-LHE PALAVRAS DE CONFORTO E LENTAMENTE FOI ABRINDO OS OLHOS.

A LUZ DO LUAR ILUMINOU O CHÃO À SUA FRENTE.

TREMENDO, ELE ESTENDEU A MÃO E TOMOU O LIVRO CUIDADOSAMENTE.

ÉS TU, SENHOR?

CRISTÃO CHEGOU AO TOPO DA COLINA E VIU DOIS LEÕES NO CAMINHO.

GRRRRR!!

GRRRRR!!

E AGORA? O QUE POSSO FAZER??

AGORA ELE ESTAVA NUM PALÁCIO. VIGILANTE GRITOU EM SUA DIREÇÃO.

A SUA FORÇA É ASSIM TÃO PEQUENA?

JÁ ESTÁ ESCURO. POR QUE NÃO ENTRA PARA DESCANSAR UM POUCO?

VIGILANTE

CRISTÃO ESTAVA TREMENDO DE MEDO E NÃO OUSAVA SE MOVER.

MAS... E OS LEÕES?

NÃO TENHA MEDO DOS LEÕES, ELES ESTÃO PRESOS! ESTÃO ALI PARA TESTAR SUA FÉ.

OK!

CRISTÃO SEGUIU ADIANTE, TREMENDO DE MEDO, MAS CAMINHANDO FIRME NA DIREÇÃO DE VIGILANTE. OS LEÕES NÃO CONSEGUIAM ATINGI-LO. ELE BATEU PALMAS DE ALEGRIA E SEGUIU ATÉ CHEGAR À ENTRADA.

GRRRRRR!!

GRRRRRR!!

GRRRRRR!!

AHA!! BEM-VINDO!

VIGILANTE CONVIDOU CRISTÃO A SE SENTAR E SERVIU-LHE CHÁ.

MUITO OBRIGADO PELA SUA AJUDA!

ESTE PALÁCIO É MUITO, MUITO BONITO!

NÃO SE TRATA DE UM PALÁCIO. ESTE LUGAR FOI CONSTRUÍDO PARA OFERECER ALÍVIO E PROTEÇÃO AOS PEREGRINOS.

VIGILANTE SE SENTOU COM PAPEL E UMA PENA, PRONTO PARA REGISTRAR INFORMAÇÕES.

QUAL É O SEU NOME?

AGORA MEU NOME É CRISTÃO. ANTES ERA SEM GRAÇA.

DE ONDE VOCÊ VEM?

EU VENHO DA CIDADE DA DESTRUIÇÃO E VOU PARA O MONTE SIÃO... COMO JÁ ANOITECEU, POSSO PASSAR A NOITE AQUI?

VAI DEPENDER DO SEU COMPORTAMENTO...

DISCRIÇÃO

TLIM! TLIM!

GILANTE PASSOU SUAS
NOTAÇÕES PARA DISCRIÇÃO.
MAS... POR QUE VOCÊ CHEGOU AQUI TÃO TARDE?
EU ADORMECI NA PRAÇA AO LADO DA COLINA E PERDI ALGO MUITO IMPORTANTE.
AQUI ESTÁ.
DEPOIS DE LER, DISCRIÇÃO SORRIU, MAS HAVIA LÁGRIMAS EM SEUS OLHOS.
TLIM! TLIM! TLIM!
SUBITAMENTE ELA TOCOU A SINETA.
ENTÃO TODA A FAMÍLIA SE REUNIU EM TORNO DE CRISTÃO, SAUDANDO-O E APERTANDO SUA MÃO.

BEM-VINDO!

VOCÊS ESTÃO ME DANDO BOAS-VINDAS?

SIM! SIM!

VOCÊ É BENDITO DO SENHOR. O SENHOR CONSTRUIU ESTA CASA PARA CUIDAR DE PEREGRINOS COMO VOCÊ.

ELES ENTRARAM NA SALA DE JANTAR. PRUDÊNCIA, PIEDADE E CARIDADE ENCORAJAVAM CRISTÃO.

PRUDÊNCIA

PIEDADE

VOCÊ ESTÁ CANSADO... COMA ALGUMA COISA!

CARIDADE

— POR QUE VOCÊ DESEJA TANTO CHEGAR AO MONTE SIÃO?

— QUEREMOS SABER O QUE ACONTECEU COM VOCÊ.

— É POR CAUSA DO AMOR. EU O AMO PORQUE ELE TIROU MEU FARDO, SALVOU MINHA ALMA E ME LIVROU DA IRA DE DEUS. EU BUSCO VIVER COM AQUELE QUE ME AMA ETERNAMENTE.

— E QUANTO À SUA FAMÍLIA? VOCÊ NÃO OS AMA?

— EU TENHO ESPOSA E DOIS FILHOS PEQUENOS.

— E POR QUE NÃO OS TROUXE COM VOCÊ?

— Ó, COMO EU DESEJAVA TRAZÊ-LOS! MAS NENHUM DELES ACREDITOU NAS MINHAS PALAVRAS...

99

VOCÊ ACHA QUE AS PALAVRAS QUE USOU PARA CONVENCÊ-LOS FORAM INEFICAZES POR CAUSA DO SEU MODO DE VIVER?

EU TINHA DEFEITOS, MAS ME ESFORÇAVA MUITO PARA FAZER O QUE ERA CERTO. ELES ACHAVAM QUE EU ESTAVA SENDO BOM POR CAUSA DELES.

ELES NÃO LEVARAM A PALAVRA DE DEUS A SÉRIO. VAMOS ORAR POR ELES AGORA.

NA MANHÃ SEGUINTE, O SOL ILUMINOU O JARDIM ONDE AS JOVENS ORAVAM.

100

DEPOIS DE ORAREM, LEVARAM CRISTÃO ATÉ UM ESTÚDIO E LHE MOSTRARAM REGISTROS MUITO, MUITO ANTIGOS. CARIDADE LHE MOSTROU UM LIVRO DIFERENTE.

"ESTA É A LINHAGEM DO NOSSO SENHOR."

"AO VENCEDOR, DAREI UM LUGAR COMIGO NO MEU TRONO, ASSIM COMO EU VENCI E ME ASSENTEI COM MEU PAI EM SEU TRONO."

CRISTÃO ESTAVA INTRIGADO. CARIDADE APONTOU PARA A MARCA DA CRUZ EM SUA TESTA.

"VENÇA CONFIANDO EM DEUS!"

"POSSO FICAR AQUI POR ALGUM TEMPO?"

CARIDADE ASSENTIU.

"AMANHÃ VAMOS LEVÁ-LO AO ARSENAL."

NO DIA SEGUINTE, LEVARAM CRISTÃO AO ARSENAL, ONDE LHE MOSTRARAM TODOS OS TIPOS DE EQUIPAMENTOS QUE O SENHOR TINHA PROVIDENCIADO PARA OS PEREGRINOS, INCLUINDO ESPADA, ESCUDO, CAPACETE, ARMADURA, ORAÇÕES E CALÇADOS QUE NÃO ESTRAGAVAM.

UAU!!!

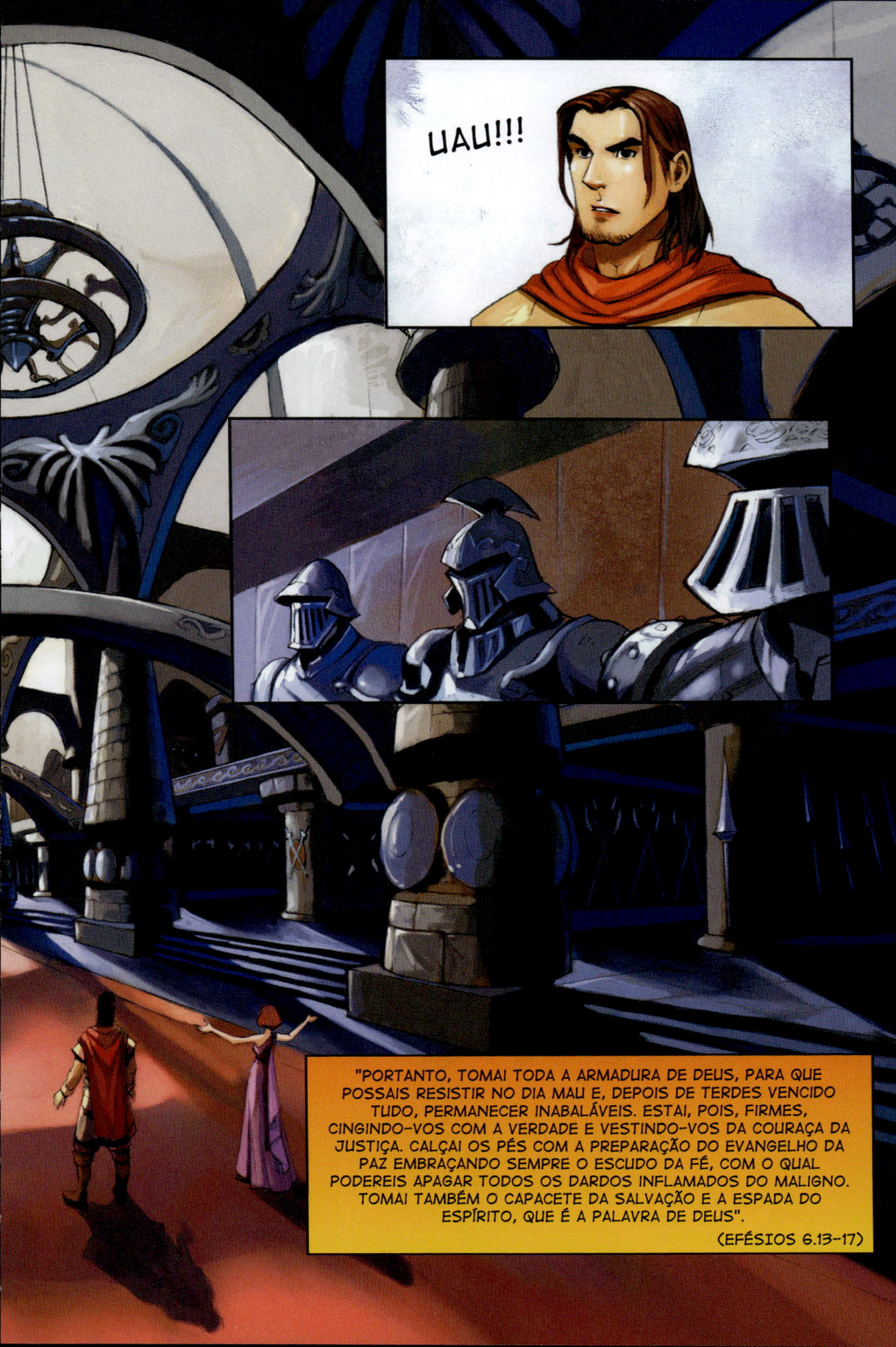

"PORTANTO, TOMAI TODA A ARMADURA DE DEUS, PARA QUE POSSAIS RESISTIR NO DIA MAU E, DEPOIS DE TERDES VENCIDO TUDO, PERMANECER INABALÁVEIS. ESTAI, POIS, FIRMES, CINGINDO-VOS COM A VERDADE E VESTINDO-VOS DA COURAÇA DA JUSTIÇA. CALÇAI OS PÉS COM A PREPARAÇÃO DO EVANGELHO DA PAZ EMBRAÇANDO SEMPRE O ESCUDO DA FÉ, COM O QUAL PODEREIS APAGAR TODOS OS DARDOS INFLAMADOS DO MALIGNO. TOMAI TAMBÉM O CAPACETE DA SALVAÇÃO E A ESPADA DO ESPÍRITO, QUE É A PALAVRA DE DEUS".

(EFÉSIOS 6.13-17)

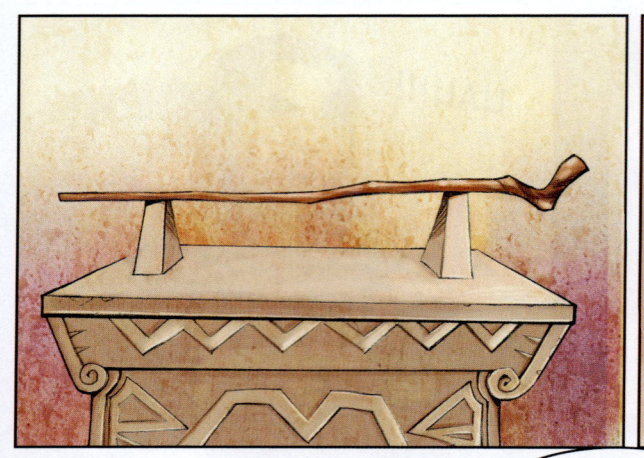

ISTO É UMA ARMA?

ESTAS SÃO AS ARMAS COM AS QUAIS ALGUNS SERVOS DO SENHOR FIZERAM COISAS ASSOMBROSAS.

O MARTELO E O PREGO COM O QUAL JAEL MATOU SÍSERA.

OS JARROS, TROMBETAS E TOCHAS QUE GIDEÃO USOU PARA DERROTAR OS MIDIANITAS.

A AGUILHADA DE BOIS QUE SANGAR USOU PARA MATAR SEISCENTOS SOLDADOS INIMIGOS.

A QUEIXADA QUE SANSÃO USOU PARA MATAR FILISTEUS.

ESTA É A FUNDA E AS PEDRAS QUE DAVI USOU PARA MATAR GOLIAS.

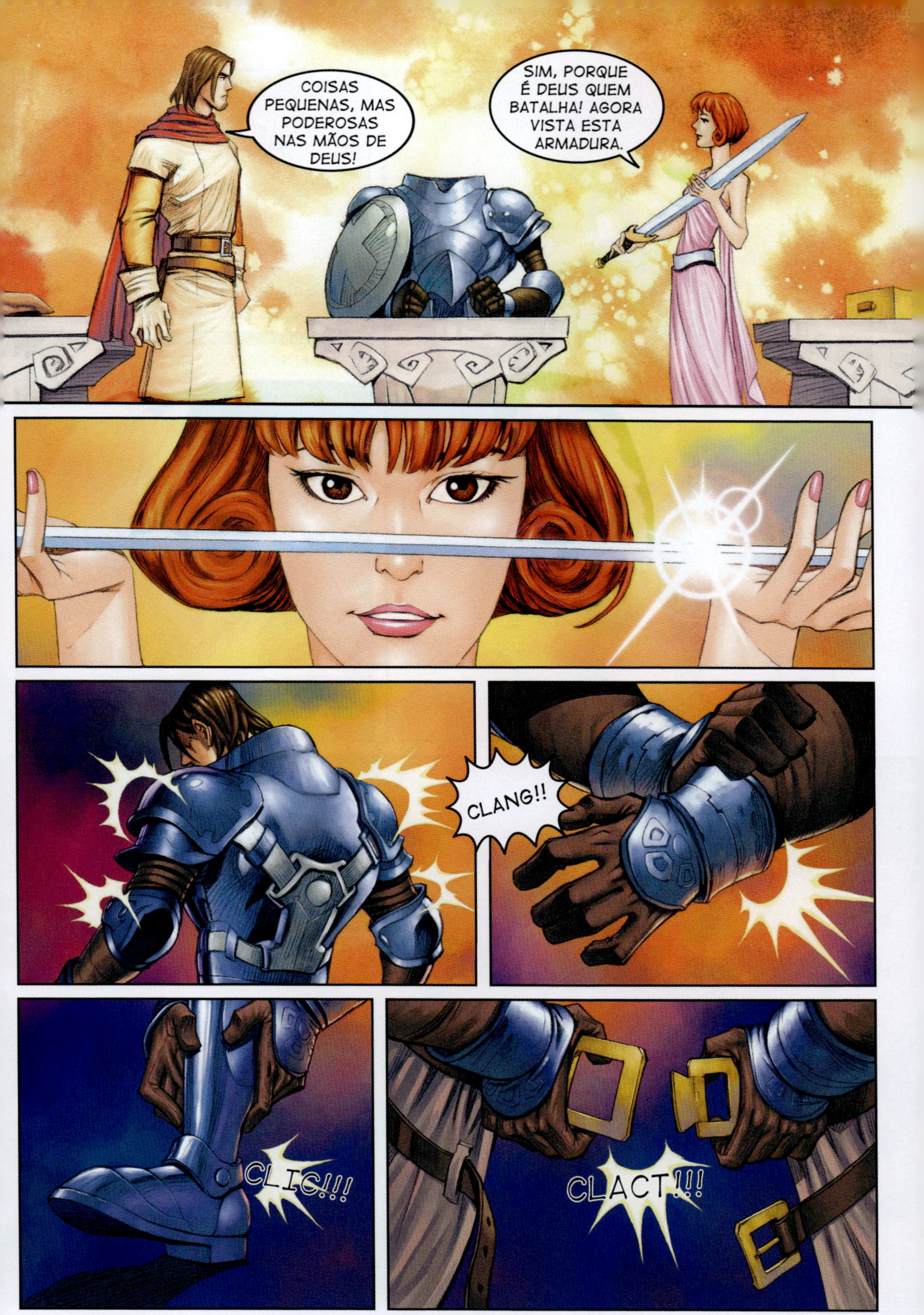
COISAS PEQUENAS, MAS PODEROSAS NAS MÃOS DE DEUS!
SIM, PORQUE É DEUS QUEM BATALHA! AGORA VISTA ESTA ARMADURA.
CLANG!!
CLIC!!!
CLACT!!!

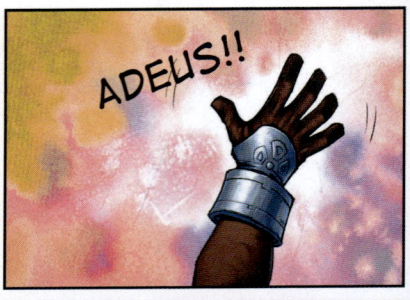

ELAS O VESTIRAM DA CABEÇA AOS PÉS COM A ARMADURA, QUE JÁ PROVARA SER FORTE. CASO ENFRENTASSE ALGUM PERIGO, ELE ESTARIA PREPARADO!

ADEUS!!

BEM PREPARADO, CRISTÃO SE DESPEDIU DE SEUS AMIGOS.

5 Batalha no Vale

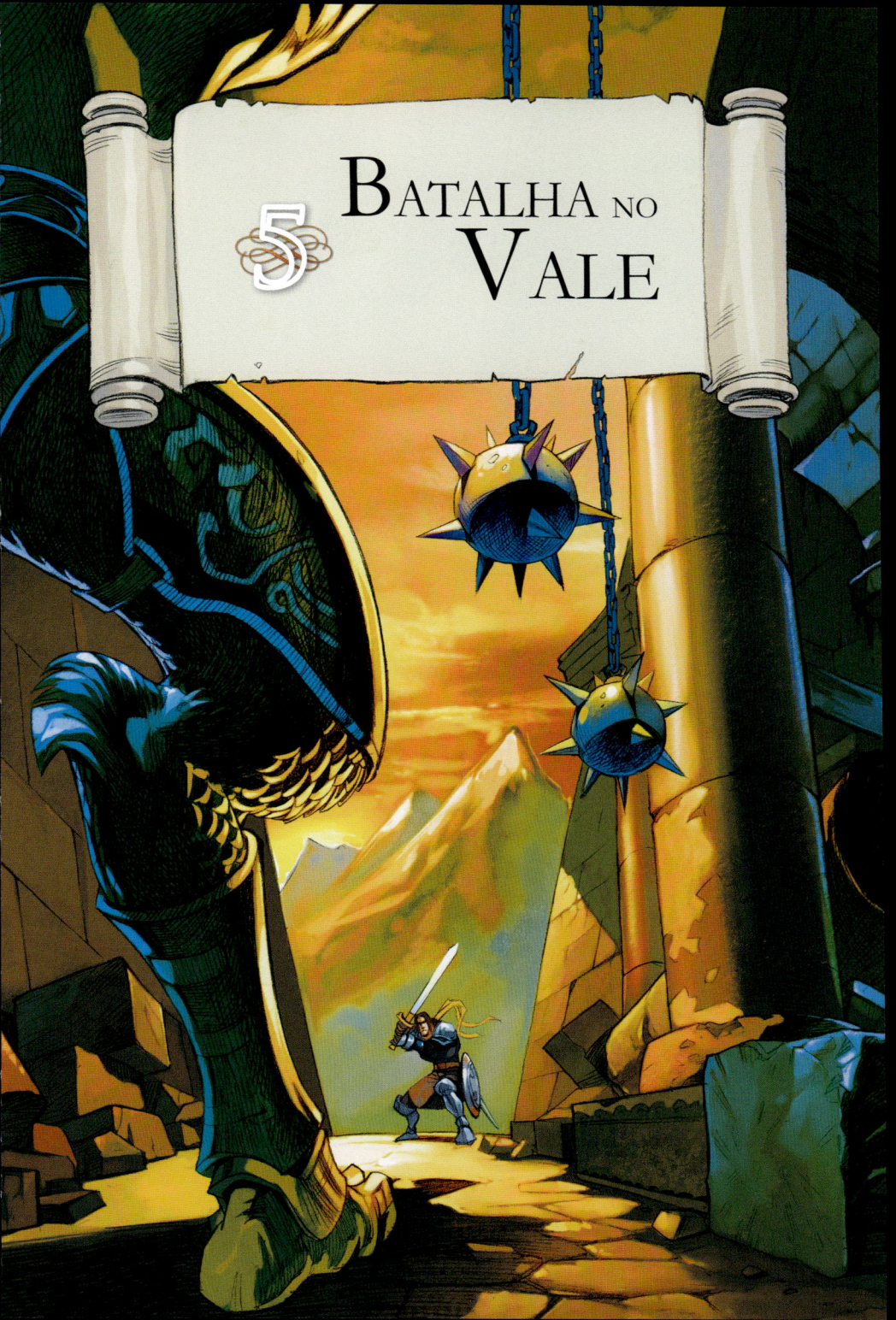

VALE DA
HUMILHAÇÃO

CRÁÁ!

CRÁÁ!

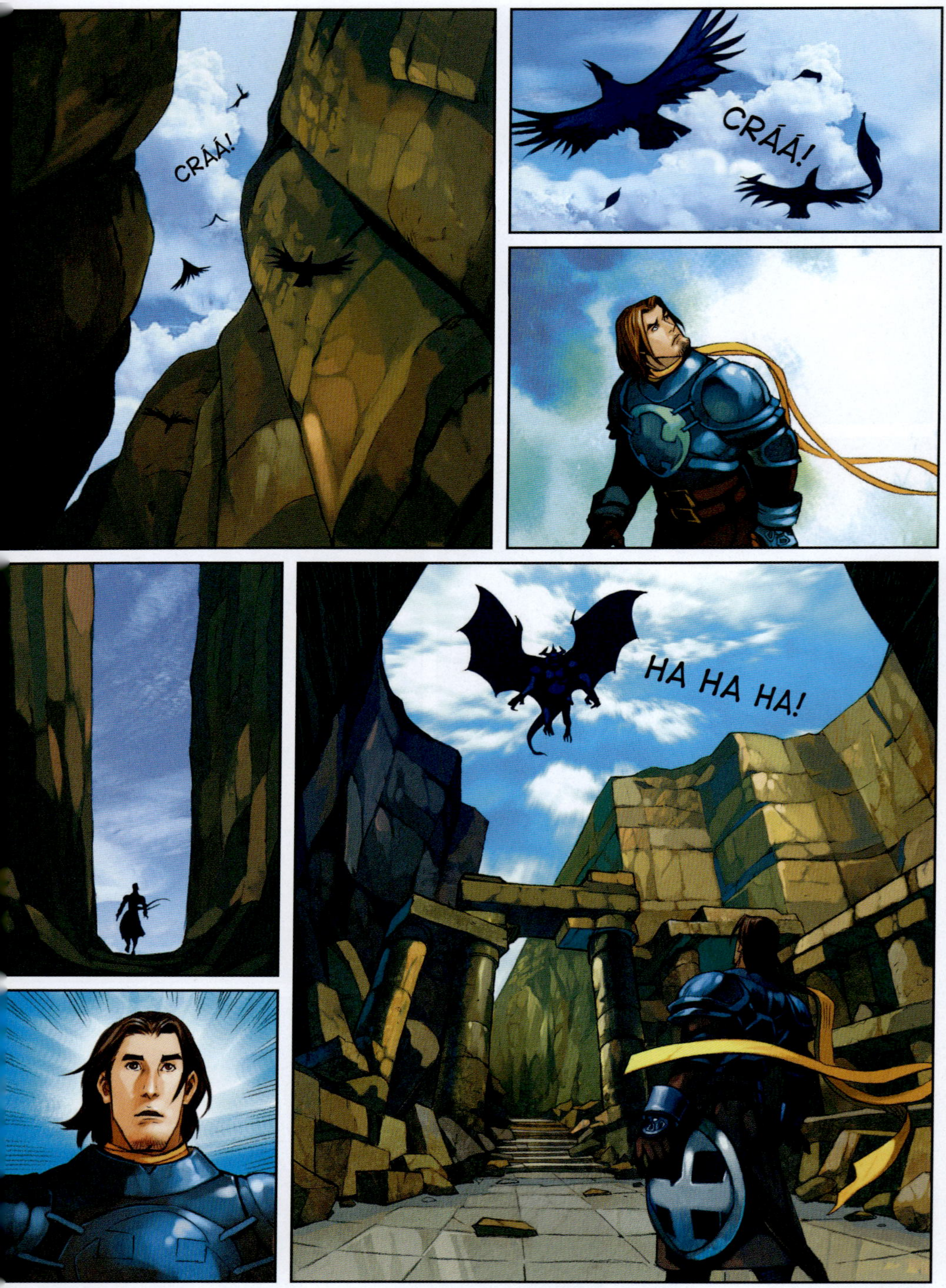
CRÁÁ!
CRÁÁ!
HA HA HA!

APOLION

EU TE CONHEÇO! VOCÊ É O CRISTÃO, DA CIDADE DA DESTRUIÇÃO!

APOLION APROXIMOU-SE COM UM SORRISO DISTORCIDO, COM FUMAÇA SAINDO PELAS NARINAS.

VOU MATAR VOCÊ!!

VOLTE PARA MIM E VOCÊ TERÁ MUITOS BENEFÍCIOS!
NÃO!! EU OFERECI MEUS SERVIÇOS AO REI DOS REIS E SENHOR DOS SENHORES!!
COMO ALGUÉM QUE FOI MORTO NUMA CRUZ PODE LHE DAR TUDO ISSO?
O QUE EU DESEJO É MELHOR DO QUE TUDO ISSO! NÃO POSSO TRAIR O MEU SENHOR!
VOCÊ ME TRAIU E ABANDONOU A SUA FAMÍLIA!! SABE O QUE LHE ACONTECERÁ?
UIIII!

VEJA, O SEU SENHOR NÃO PODE SALVÁ-LO! VOCÊ ESCOLHEU UM CAMINHO ESTREITO E CHEIO DE SANGUE DE PEREGRINOS!

A MINHA FÉ ESTÁ SENDO TESTADA!

VOCÊ REALMENTE ACREDITA NESSAS MENTIRAS? QUEM SABE O QUE ACONTECE DEPOIS DA MORTE?

EU VI O QUE ACONTECE NA CASA DO INTÉRPRETE!

HA HA HA!

FOGO SAIU DA BOCA DE APOLION. NO MEIO DO FOGO, CRISTÃO VIU A SI MESMO QUASE AFUNDANDO NO PÂNTANO DO DESESPERO, DORMINDO NA PRAÇA E QUASE VOLTANDO ATRÁS AO VER OS LEÕES.

"VOCÊ JÁ ME TRAIU E NÃO PARECE SER MUITO FIEL AO SEU NOVO SENHOR!"

SUBITAMENTE APOLION SE TRANSFORMOU NUMA LINDA MULHER.

"HA HA HA!!!"

"VENHA PARA MIM!"

"HA HA HA!!!"

APOLION ESTENDEU A MÃO E A BELA FACE SE CONTORCEU E SE TRANSFORMOU NUMA FACE HORROROSA.

CHEIRE!

VENHA! VENHA!

NO NOME DO MEU SENHOR, TIRE ESSAS MÃOS IMUNDAS DE MIM!

QUANDO CRISTÃO BRILHOU A LUZ DE DEUS, APOLION VOLTOU À SUA APARÊNCIA ORIGINAL.

APOLION, CUIDADO COM O QUE ESTÁ FAZENDO! ESTOU NO CAMINHO DE SANTIDADE DO SOBERANO SENHOR! DEIXE-ME DE UMA VEZ POR TODAS!

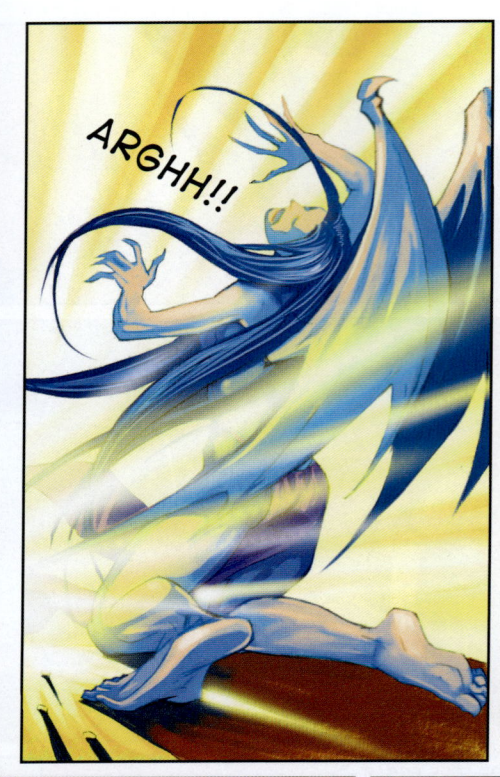

ARGHH!!

ESTA LUZ É MUITO FORTE!

ARGHH!!

GRRRRR!!

APOLION FICOU EM PÉ, BEM NO MEIO DO CAMINHO, E DEU UM RUGIDO TERRÍVEL.

SCREEECH!!

O INFERNO ABRIU SUA BOCA PARA BEBER O SANGUE DOS SANTOS!

ELE LANÇOU UMA FLECHA FLAMEJANTE NA DIREÇÃO DO PEITO DE CRISTÃO.

VEJA!!

A FLECHA VOOU NA DIREÇÃO DE CRISTÃO.

CRISTÃO SE PROTEGEU DA FLECHA COM SEU ESCUDO.

ESCUDO DA FÉ

ESPADA DO ESPÍRITO

CRISTÃO DESEMBAINHOU A ESPADA. ENQUANTO ELE A MOVIMENTAVA, SURGIRAM ALGUMAS POMBAS, SÍMBOLO DO ESPÍRITO SANTO.

VUUUCH! VUUUCH!

CRISTÃO ATACOU APOLION ENQUANTO ESTE ATIRAVA FLECHAS EM SUA DIREÇÃO.

VOU MATAR VOCÊ!!

ATACAR!!

AS FLECHAS CORTAVAM COMO NAVALHAS! EMBORA CRISTÃO RESISTISSE BRAVAMENTE, FOI FICANDO CADA VEZ MAIS FRACO POR CAUSA DOS FERIMENTOS.

AGHHHH!

AGH!

UIII!

CLANG! CLANG!

APOLION FEZ CRISTÃO LEVAR UM TOMBO ASSUSTADOR! A ESPADA ESCAPOU DE SUAS MÃOS. ELE FOI FORÇADO A RECUAR ATÉ A BEIRA DO PRECIPÍCIO.

QUANDO OLHOU PARA CIMA, CRISTÃO VIU ALGUNS CORVOS SOBREVOANDO, DESTACANDO-SE NO CÉU AZUL BRILHANTE.

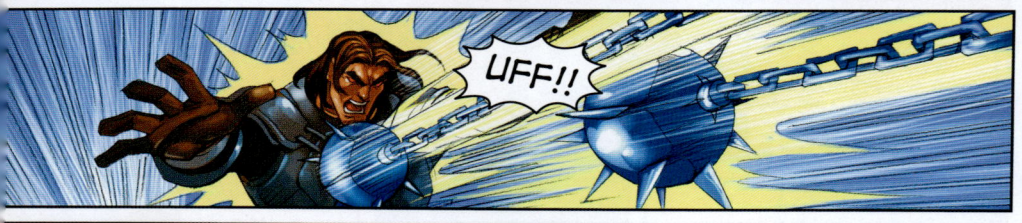

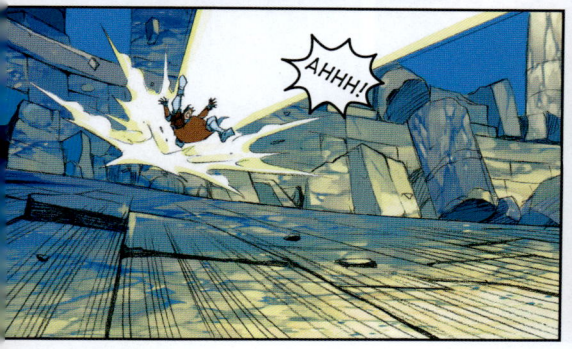

APOLION ATINGIU CRISTÃO COM UM GOLPE.

CLANG! CLANG!

UFF!!

BOOMM!

A COURAÇA DE CRISTÃO O PROTEGEU DO GOLPE FATAL.

AHHH!

COURAÇA

GRRRRR!!
CRISTÃO SALTOU AGILMENTE E ALCANÇOU SUA ESPADA.
PEGANDO A ESPADA, LEVANTOU-SE RAPIDAMENTE.
CRASHH!
THUNK!

VUUSH!

VUUSH!

VUUSH!

GRRRRR!!

Clank!

AAGHHH!

APOIANDO-SE NA ESPADA, CRISTÃO LEVANTOU-SE COM DIFICULDADE.

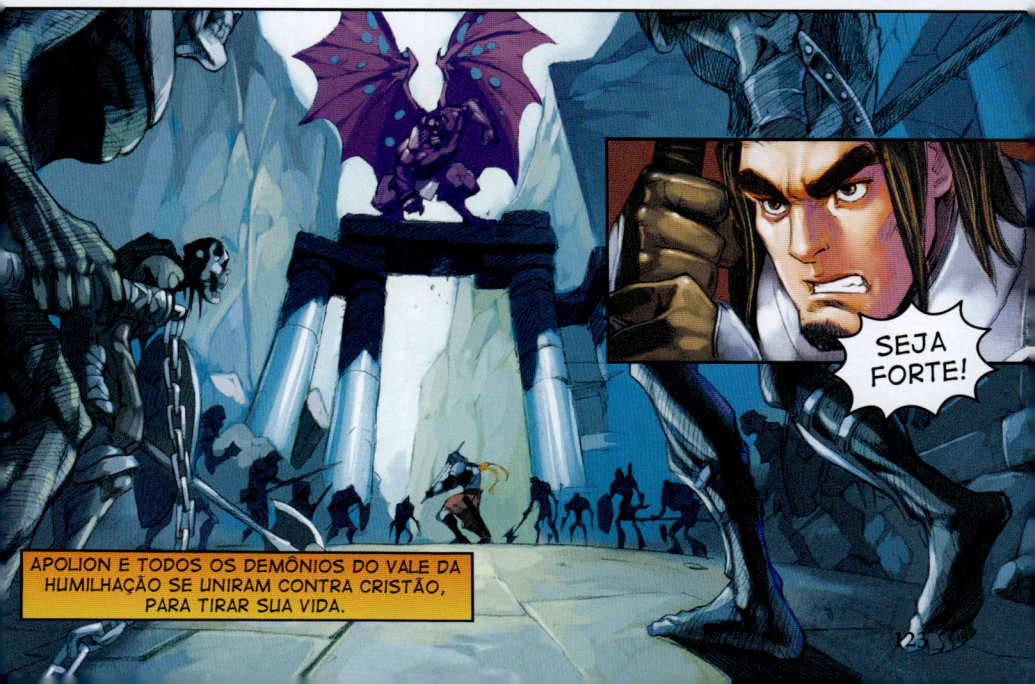

APOLION SALTOU PARA CIMA DE UMA ROCHA NO TOPO DA COLINA. CRISTÃO PODIA OUVIR GRITOS E GEMIDOS DE DEMÔNIOS QUE SE APROXIMAVAM.

VENHAM, PEQUENOS DEMÔNIOS, E ARRASTEM-NO PARA O INFERNO!

HISSS!

HOWL!

HE HE HE!!

SEJA FORTE!

APOLION E TODOS OS DEMÔNIOS DO VALE DA HUMILHAÇÃO SE UNIRAM CONTRA CRISTÃO, PARA TIRAR SUA VIDA.

GRRRRRR!

NÃO CANTE VITÓRIA, MEU INIMIGO! EU CAÍ, MAS VOU ME LEVANTAR!

EM TODAS ESTAS COISAS SOMOS MAIS DO QUE VENCEDORES NAQUELE QUE NOS AMOU!

IAAAAAA!!!!

AAIIIII!

ARGHHHH!

"CONQUISTEM PELO SENHOR!!"

COM SUA ESPADA, CRISTÃO FERIU APOLION DURAMENTE E O FEZ RECUAR!

"ARGHHHHH!"

"RESISTI AO DIABO!!"

APOLION ESTENDEU SUAS ASAS DE DRAGÃO E RAPIDAMENTE VOOU PARA LONGE. CRISTÃO NÃO O VIU MAIS.

JÁ ESTAVA COMEÇANDO A ANOITECER.

ÁRVORE DA VIDA.

MÃOS APARECERAM SEGURANDO FOLHAS DA ÁRVORE DA VIDA.

NÃO TENHAS MEDO; O SENHOR TE CURA.

VOCÊ FOI CURADO IMEDIATAMENTE.

ENTÃO OS ANJOS SE AFASTARAM.

CRISTÃO SE SENTOU PARA COMER E BEBER.

MEU SENHOR...

O VALE DA HUMILHAÇÃO SE TORNOU MAIS CLARO E MAIS BRILHANTE.

BZZZZZZZ

BZZZZZZZ

VALE DA SOMBRA DA MORTE

CRISTÃO SEGUIU EM FRENTE E CHEGOU AO VALE DA SOMBRA DA MORTE.

ERA UM DESERTO, UMA TERRA ÁRIDA E ESTÉRIL, TERRA ESCURA E TENEBROSA, POR ONDE NINGUÉM PASSAVA E ONDE NINGUÉM VIVIA.

131

ESTA É A COVA PARA ONDE OS CEGOS TÊM CONDUZIDO OUTROS CEGOS ATRAVÉS DOS SÉCULOS E ONDE AMBOS CAEM MISERAVEL-MENTE!
OBRIGADO!
EU TE ACONSELHO A VOLTAR RAPIDAMENTE.
POR QUE?
VOCÊ NÃO ESTÁ VENDO?
OHHH!
HISSSSSS!!
DRAGÃO

AGHHHHH!!

VAMOS! ELE NOS ENCONTROU!

ENTÃO APARECEU UM PÂNTANO CHEIO DE FIGURAS SEDUTORAS TENTANDO ATRAÍ-LO.

NÃO OLHE PARA TRÁS! ATÉ MESMO O REI DAVI JÁ CAIU NESTE POÇO. VAMOS EMBORA!

AHHHHH!!

GRRRRRRR!!!!

VOCÊ NÃO VEM?

HOWLL!

VEJA!!

PALAVRA DE DEUS.

SUBMETA-SE!!

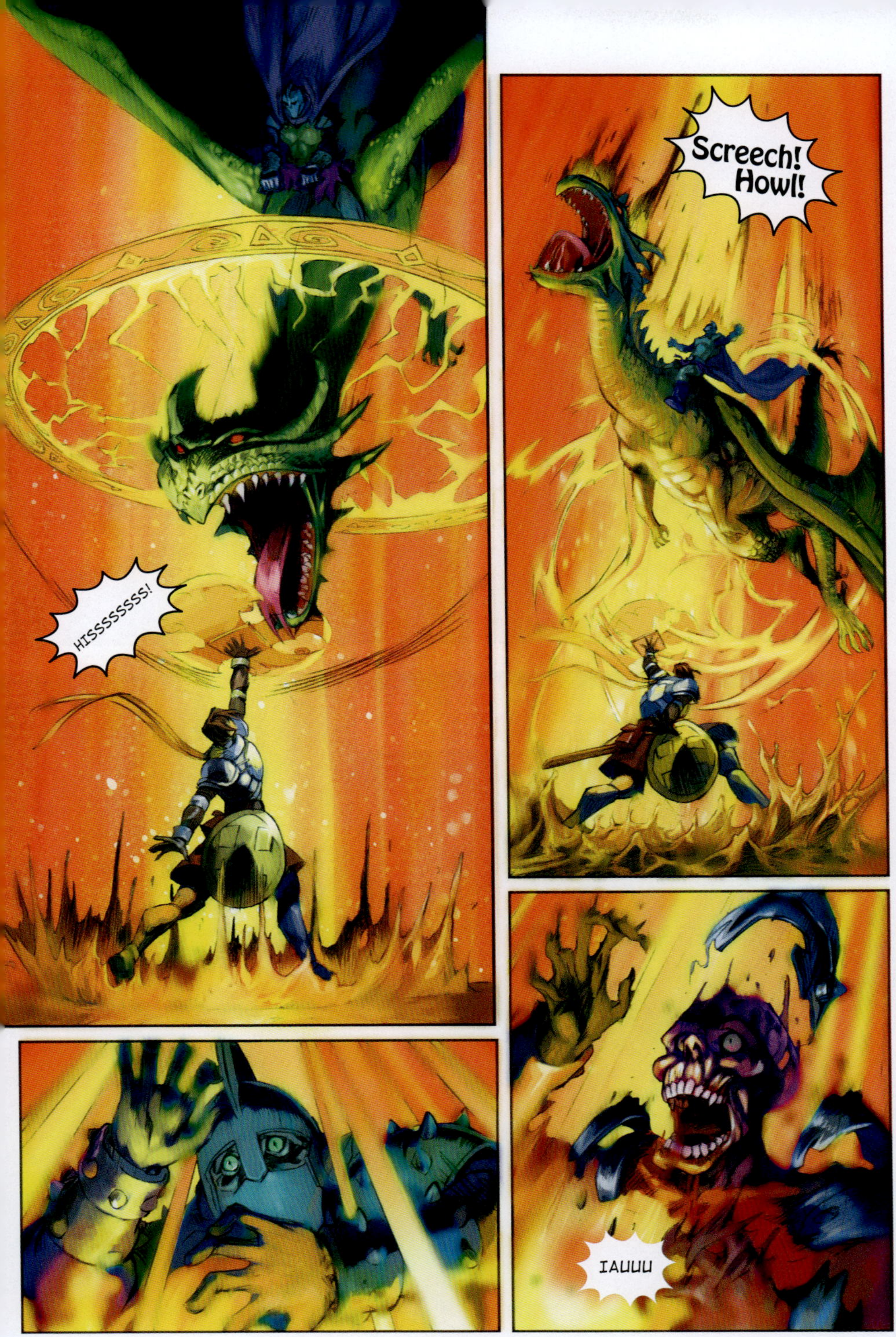
HISSSSSSSS!
Screech! Howl!
IAUUU

CAIU A NOITE. CRISTÃO SEGUIU SEU CAMINHO ATRAVÉS DO VALE. NUVENS DESENCORAJADORAS DE CONFUSÃO CAÍRAM SOBRE ELE E A MORTE ESTENDEU SUAS ASAS.

GRITOS E GEMIDOS PODIAM SER OUVIDOS CONTINUAMENTE NO VALE, VINDOS DE PESSOAS SOFRENDO DE MISÉRIA INSUPORTÁVEL, AFLIGIDAS E ACORRENTADAS.

AJUDE-ME!!

CRISTÃO SE EQUILIBRAVA NO ESCURO PARA EVITAR O ABISMO DE UM LADO E O POÇO DO OUTRO.

PRECISO SAIR DESTE LUGAR O QUANTO ANTES!

137

QUÊ??!

O QUE EU FAÇO?

AJOELHAR

ORAR SEM CESSAR.

CRISTÃO USOU UMA OUTRA ARMA: A ORAÇÃO INCESSANTE.

Ó, SENHOR, SALVE MINHA ALMA!

HUUUUU! UHHHHH! BUUUUU! BUUUUU!

HUUUUU!

CRISTÃO SEGUIU ADIANTE, ENFRENTANDO MAIS PERIGOS, VENDO COISAS ASSUSTADORAS E OUVINDO SONS ARREPIANTES.

HA,HA,HA!

HISSSSS!

MEDO!!!

HÁ-HÁ-HÁ

PERIGO!!

MORTE!!

ELE CHEGOU A UM LUGAR ONDE PENSOU OUVIR UM BANDO DE CRIATURAS SE APROXIMANDO.

Gasp!

VENHA PARA O INFERNO CONOSCO!!

VOCÊ!!

VENHA!!

AGHHHH!

CERCADO POR INIMIGOS

RESOLVEU SEGUIR EM FRENTE, EMBORA PARECESSE QUE OS DEMÔNIOS SE APROXIMAVAM CADA VEZ MAIS.

CRISTÃO PAROU E OLHOU PARA TRÁS, VENDO OS DEMÔNIOS.

EU VOU NA FORÇA DE DEUS!!

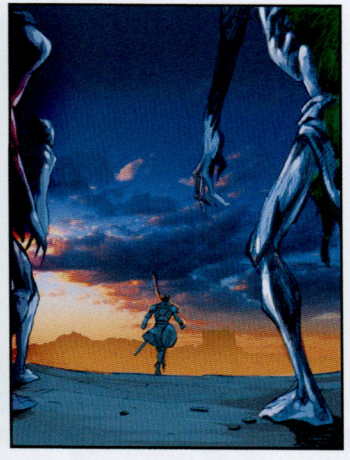

AS CRIATURAS PARARAM E NÃO SE APROXIMARAM MAIS, POR CAUSA DO PODER DE DEUS.

BOCA DO INFERNO

EI! EI!

OUÇA...

DEUS LHE DIZ PARA ANDAR PELO VALE DA SOMBRA DA MORTE...

ELE QUER TIRAR A SUA VIDA!

DEUS QUER TIRAR A MINHA VIDA... ELE NÃO VAI ME SALVAR... ELE SÓ QUER ME ENTREGAR PARA APOLION...

OH!! COMO POSSO SUSSURRAR ESSAS BLASFÊMIAS?

DEUS ODEIA COMPARTILHAR A GLÓRIA DO CÉU COM OS HOMENS... ELE QUER NOS TESTAR ATÉ A MORTE... MAS APOLION ESTÁ QUERENDO ME LEVAR À FAMA... VOU SEGUI-LO...

SENHOR, ME PERDOE!

MESMO QUANDO EU ANDAR POR UM VALE DE TREVAS E MORTE, NÃO TEMEREI PERIGO ALGUM, POIS TU ESTÁS COMIGO.

SUBITAMENTE ELE OUVIU UM HOMEM CANTANDO.

QUANDO COMEÇOU A AMANHECER, CRISTÃO FICOU ANSIOSO PARA VER O SOL NASCER.

QUEM ESTÁ CANTANDO?

ELE SUBIU ATÉ O TOPO DA COLINA E LÁ DE CIMA VIU UM HOMEM SE AFASTANDO E CANTANDO.

A ESCURIDÃO DÁ LUGAR À LUZ DA MANHÃ.

EI!!! ESPERE!!

NESTE VALE HÁ OUTRAS PESSOAS TEMENTES A DEUS, COMO EU. SERÁ QUE É A VOZ DO FIEL? SERÁ QUE ELE ESTÁ AQUI?

SIM, EU SEI QUE A TUA BONDADE E FIDELIDADE ME ACOMPANHARÃO POR ONDE EU FOR.

CRISTÃO FICOU PROFUNDAMENTE COMOVIDO AO VER, À LUZ DA MANHÃ, OS PERIGOS QUE TINHA ENFRENTADO NO ESCURO DA NOITE.

VALE DA SOMBRA DA MORTE

ELE REVELA AS COISAS MAIS PROFUNDAS DAS TREVAS E TRAZ LUZ PARA AS SOMBRAS.

O SOL ESTAVA NASCENDO E CRISTÃO SENTIU SEUS PRIMEIROS RAIOS AQUECEREM SEU ROSTO.

TU ESTÁS COMIGO.

A PRIMEIRA PARTE DO VALE DAS SOMBRAS DA MORTE ERA PERIGOSA, MAS A SEGUNDA PARTE ERA AINDA PIOR. O CAMINHO ERA CHEIO DE CURVAS, ARMADILHAS, ABISMOS, BURACOS PROFUNDOS E PENHASCOS, MAS CRISTÃO NÃO ESTAVA COM MEDO.

CRISTÃO SEGUIU SEU CAMINHO. NO FINAL DO VALE HAVIA SANGUE, OSSOS, CINZAS E ESQUELETOS DE PEREGRINOS QUE TINHAM PASSADO POR ALI ANTES DELE.

SERÁ QUE TAMBÉM ERAM PEREGRINOS?

LOGO ADIANTE, HAVIA UMA CAVERNA ONDE VIVIAM DOIS GIGANTES.

PAPA

PAGÃO

O QUÊ?

SERÁ QUE JÁ MATARAM MUITOS PEREGRINOS?

LUTEM COMIGO!

HÃ???

CRISTÃO ESPEROU UM POUCO, MAS TUDO CONTINUOU SILENCIOSO. ELE SE APROXIMOU CAUTELOSAMENTE DA ENTRADA DA CAVERNA.

"VOCÊS NUNCA SERÃO RESTAURADOS ATÉ QUE MAIS ALGUNS SEJAM QUEIMADOS."

CRISTÃO NÃO O RESPONDEU.

PAGÃO JÁ ESTAVA MORTO HÁ MUITO TEMPO. QUANTO AO PAPA, EMBORA AINDA ESTIVESSE VIVO, TANTO POR CAUSA DA IDADE QUANTO PELOS FERIMENTOS QUE RECEBEU NA JUVENTUDE, ESTAVA TÃO ENFRAQUECIDO E COM AS JUNTAS ENRIJECIDAS — AGORA SÓ LHE RESTAVA ASSENTAR-SE À ENTRADA DA CAVERNA SORRINDO PARA OS PEREGRINOS QUE PASSAVAM E LAMENTANDO NÃO PODER ACOMPANHÁ-LOS.

"VOCÊ AINDA DESEJA ACABAR COM SUA VIDA?"

"EI, GAROTO! ACEITE MEU CONSELHO E VOLTE AGORA!"

CRISTÃO SEGUIU EM FRENTE. EMBORA HOUVESSE BURACOS E ARMADILHAS PELO CAMINHO, ELE OUVIA FIEL ASSOBIANDO LÁ ADIANTE.

"EI!!! ESPERE! VOCÊ É FIEL?"

APESAR DOS PERIGOS

E ARMADILHAS ADIANTE DELE,

CRISTÃO CONTINUOU PELO CAMINHO ESTREITO.

SERÁ QUE PERDERIA A VIDA,

COMO TANTOS OUTROS PEREGRINOS ANTES DELE

OU ENCONTRARIA O CAMINHO DA VIDA?

ELE SERÁ ENCONTRADO FIEL?

ELE LUTARÁ BRAVAMENTE ALÉM DE SUAS FORÇAS?
ESTA HISTÓRIA É CHEIA DE REVIRAVOLTAS E SURPRESAS.
A PARTE FINAL DESTA TRAMA CONTARÁ EM DETALHES
O QUE ACONTECEU COM CRISTÃO.

"MAS UMA COISA FAÇO: ESQUECENDO O QUE FICOU PARA TRÁS E AVANÇANDO PARA AS COISAS QUE ESTÃO ADIANTE, EU PROSSIGO PARA O ALVO...

...PARA O PRÊMIO DA VOCAÇÃO CELESTIAL DE
DEUS EM CRISTO JESUS".

Filipenses 3:13-14

Índice
Volume 2

Prólogo   Palavras de um Sonhador

6 Dois
Peregrinos se encontram   157

7 Sofrimento
Na Cidade da Vaidade   181

8 Esperança
e Desespero   209

9 As Montanhas
Deleitosas   239

10 Chegada
a Monte Sião   269

Personagens

① CRISTÃO — EVANGELISTA

OBSTINADO	FLEXÍVEL	AUXÍLIO	SÁBIO SEGUNDO O MUNDO	LEGALIDADE	CIVILIDADE	BOA VONTADE	INTÉRPRETE
PAIXÃO	PACIÊNCIA	DIABO	PRESUNÇÃO	PREGUIÇA	SIMPLES	HIPOCRISIA	FORMALISMO
DESCONFIANÇA	MEDROSO	VIGILANTE	PRUDÊNCIA	DISCRIÇÃO	PIEDADE	CARIDADE	APOLION
ANJO	DRAGÃO	ESPÍRITO MALIGNO	PAPA	PAGÃO			

② FIEL — PRIMEIRO ADÃO — MOISÉS

CRISTO	DESCONTENTE	VERGONHA	FALADOR	BELZEBU	ESPERANÇA	MALDADE	INVEJA
SUPERSTIÇÃO	GLÓRIA HUMANA	INTERESSE PRÓPRIO	AMANTE DO DINHEIRO	QUALQUER COISA	APEGO AO MUNDO	ARROGÂNCIA	GIGANTE DESESPERO
HESITAÇÃO	VIGILÂNCIA	IGNORÂNCIA	DESMOTIVADO	CULPA	PRESUNÇOSO	ANJO	ATEU

PRÓLOGO

PALAVRAS DE UM
SONHADOR

CHEGUEI A UM LUGAR
ONDE HAVIA UMA CAVERNA

SOLIDEZ, DE FATO, SE TORNA A PENA DAQUELE QUE ESCREVE COISAS DIVINAS AOS HOMENS; MAS SERÁ QUE DEVO ESPERAR SOLIDEZ, SE FALO POR METAFORAS? NÃO SERIAM AS LEIS DE DEUS, AS LEIS DO EVANGELHO ESCRITAS POR TIPOS, SOMBRAS E METÁFORAS? MESMO ASSIM, NENHUM HOMEM EM SEU JUÍZO PERFEITO DIRIA HAVER NELAS ALGUMA FALTA, SEM AGREDIR A MAIS ELEVADA SABEDORIA... PELO CONTRÁRIO, ELE SE DOBRA E, EM MEIO A MULTIDÕES DE TRAVESSAS DE MADEIRAS E VEUS, NOVILHOS E CORDEIROS, BODES E OVELHAS, PÁSSAROS E ERVAS E PELO SANGUE DE ANIMAIS, SE ESFORÇA PARA DESCOBRIR O QUE DEUS LHE DIZ. E FELIZ É AQUELE ENCONTRA A LUZ E A GRAÇA QUE ALI SE ESCONDEM!

ESTE LIVRO FARÁ DE VOCÊ UM VIAJANTE, SE VOCÊ SE DEIXAR GUIAR PELO SEU CONSELHO. SE VOCÊ ENTENDER SUAS INSTRUÇÕES, ELE O GUIARA A TERRA SANTA.
SIM, ELE TRANSFORMARÁ O PREGUIÇOSO EM UM HOMEM EMPREENDEDOR E O CEGO VERÁ COISAS MARAVILHOSAS!

ENTÃO, APROXIME-SE E LEIA MEU LIVRO COM A MENTE E COM O CORAÇÃO!

EU ME DEITEI ALI PARA DORMIR... EU DORMI... E SONHEI...

6
Dois peregrinos se encontram

Eu tive um sonho...

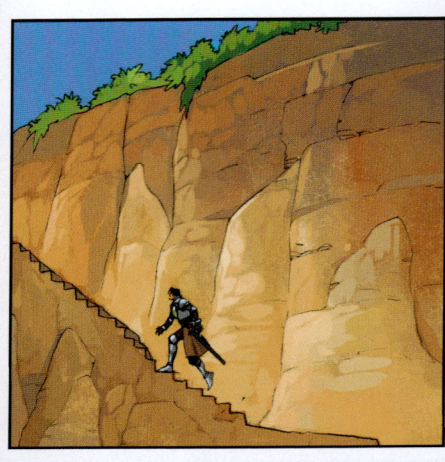

SEGUINDO SEU CAMINHO, CRISTÃO CHEGOU A UMA PEQUENA ELEVAÇÃO, CONSTRUÍDA PARA QUE OS PEREGRINOS PUDESSEM ENXERGAR O CAMINHO ADIANTE DELES. CRISTÃO SUBIU NELA.

LÁ DE CIMA, ELE VIU FIEL À FRENTE DELE NA JORNADA.

FIEL!

EI, FIEL! ESPERE!!

NÃO! EU NÃO POSSO OLHAR PARA TRÁS NEM ESPERAR.

AS PALAVRAS DE FIEL MOTIVARAM CRISTÃO.

TAP! TAP!

REUNINDO TODA A SUA FORÇA, CRISTÃO SE ESFORÇOU PARA ALCANÇAR FIEL.

SHUPT...

AGHHH!

SEM PRESTAR ATENÇÃO ONDE PISAVA, CRISTÃO TROPEÇOU E CAIU.

Oooff... Sputter!

FIEL VEIO AJUDÁ-LO.

OS DOIS SE OLHARAM E SORRIRAM FELIZES!

ESTOU FELIZ POR VÊ-LO NOVAMENTE!

FIEL E CRISTÃO SEGUIRAM JUNTOS, COMO BONS AMIGOS.

ESTOU FELIZ POR ENCONTRAR NESTA PEREGRINAÇÃO O MEU VIZINHO DA CIDADE DA DESTRUIÇÃO.

FIEL CONTOU A CRISTÃO O QUE ACONTECEU NA CIDADE DA DESTRUIÇÃO.

CIDADE DA DESTRUIÇÃO

NO BALCÃO DO BAR, FLEXÍVEL FAZIA CRÍTICAS CONTRA CRISTÃO. FIEL ESTAVA SENTADO PERTO, OUVINDO ATENTAMENTE CADA PALAVRA.

s ruas, Fiel ouvia pessoas
mbando de Cristão.

VOCÊ TAMBÉM VAI ABANDONAR NOSSA CIDADE? VOCÊ REALMENTE ACREDITA NAS PALAVRAS SEM SENTIDO DE CRISTÃO? HA HA HA!!

NO CAMINHO, FIEL ENCONTROU COM FLEXÍVEL, QUE PARECIA ENVERGONHADO PELO QUE TINHA FEITO.

DISCRETAMENTE, FLEXÍVEL ATRAVESSOU A RUA PARA NÃO TER QUE FALAR COM FIEL.

FIEL SEGUIU SEU CAMINHO SOZINHO.

FIEL CHEGOU A UM CAMPO ATRAÍDO PELOS RAIOS DE LUZ QUE VIA AO LONGE.

DEPOIS CHEGOU AO PÂNTANO DO DESESPERO, ONDE OUVIU GRITOS E GEMIDOS HORRÍVEIS.

PÂNTANO DO DESESPERO

SOCORRO!!

SOCORRO!!

ELE CAMINHOU COM CUIDADO E PASSOU PELO PÂNTANO SEM CAIR.

QUANDO SE VIROU, VIU À SUA FRENTE UMA MULHER MUITO BONITA. ELE FICOU ATRAÍDO POR SUA BELEZA.

165

NÃO FAÇA ISSO. EU TENHO UM LONGO CAMINHO PELA FRENTE!
SE VOCÊ FICAR AQUI, EU SEREI SUA...
E VOU AMAR VOCÊ...
FIEL FECHOU OS OLHOS E SE ESFORÇOU PARA IR EMBORA.

FOI MUITO BOM VOCÊ TER ESCAPADO DA ARMADILHA DELA. JOSÉ TAMBÉM FOI PROFUNDAMENTE TENTADO POR ELA.

NÃO SEI SE ESCAPEI TOTALMENTE DELA, MAS LEMBREI QUE HÁ MUITO TEMPO EU LI ALGO ASSIM: OS PASSOS DELA LEVAM DIRETO PARA A MORTE.

MAS ÀS VEZES SOU MEIO DESCUIDADO.

VOCÊ FOI CAUTELOSO COMO JOSÉ.

FIEL CONTINUOU A CONTAR SUA HISTÓRIA.

FIEL CHEGOU AO PÉ DA COLINA CHAMADA DIFICULDADE. FICOU ASSUSTADO AO VER OS DEGRAUS QUE LEVAVAM AO TOPO.

UM HOMEM IDOSO ESTAVA SENTADO NO PÉ DA COLINA.

OLÁ, MEU JOVEM! NÃO ESTÁ PENSANDO EM SUBIR A COLINA, NÃO É?

SOU UM PEREGRINO INDO PARA O MONTE SIÃO. ESTOU NO CAMINHO CERTO?

PRIMEIRO ADÃO

— O CAMINHO ESTREITO É MUITO DIFÍCIL. SE VOCÊ QUISER MORRER ANTES DE MIM, VÁ POR LÁ.

— COMO É?

— VOCÊ PARECE HONESTO E EU GOSTEI DE VOCÊ. VENHA COMIGO!

— VOCÊ PRECISA DE AJUDA PARA CAMINHAR?

FIEL SEGUIU O VELHO HOMEM A UMA CERTA DISTÂNCIA.

CIDADE DO ENGANO

— VEJA!

O VELHO APONTOU PARA UMA TORRE ENCRAVADA NUMA COLINA. FIEL FICOU DESLUMBRADO COM SUA BELEZA.

EU VIVO NESTA CIDADE. VOCÊ PODE SER MEU HERDEI-RO.
SEU HERDEIRO??
MINHA CASA SEMPRE ESTÁ BEM SUPRIDA COM AS MELHORES COISAS DO MUNDO. NÓS COMEMOS AS DELÍCIAS DA TERRA E DO MAR. TODOS ESSES PRAZERES PODEM SER SEUS.
VOCÊ É...
MEU NOME É PRIMEIRO ADÃO E EU MORO NA CIDADE DO ENGANO.
VOCÊ QUER QUE EU SEJA O LÍDER DA CIDADE DO ENGANO?
EU TENHO TRÊS FILHAS: A CONCUPIS-CÊNCIA DA CARNE, A CONCUPISCÊNCIA DOS OLHOS E A SOBERBA DA VIDA.
PRIMEIRO VOCÊ TRABALHARÁ PARA MIM, ENQUANTO EU VIVER. EU LHE PAGA-REI UM ÓTIMO SALÁRIO!

NÃO É UMA BOA PROPOSTA??

VEJA QUE ÓTIMO LUGAR TEMOS AQUI! POR QUE VOCÊ VAI CONTINUAR BUSCANDO COISAS QUE NÃO PODE VER?

ENQUANTO O VELHO FALAVA, FIEL OLHOU PARA A SUA TESTA E VIU ESCRITO: "DISPAM-SE DO VELHO HOMEM COM SUAS OBRAS."

NÃO!! NÃO SEREI SEU ESCRAVO!

FIEL SE VIROU PARA IR EMBORA, MAS PRIMEIRO ADÃO O SEGUROU.

PRIMEIRO ADÃO AGARROU FIEL E APERTOU DOLOROSAMENTE.

VOCÊ VAI ME SEGUIR!

SOU UM HOMEM MISERÁVEL! QUEM ME SALVARÁ?

170

171

O HOMEM ULTRAPASSOU FIEL PERTO DA PRAÇA CHAMADA "A JANELA"

TUFF!

QUANDO FIEL ACORDOU, VIU QUE O HOMEM SEGURAVA UMA PLACA DE PEDRA.

MOISÉS

VOCÊ OUSOU COMETER ADULTÉRIO E IR ATRÁS DO PRIMEIRO ADÃO!

NÃO...

O HOMEM DE CABELO BRANCO DEU OUTRO SOCO NO PEITO DE FIEL.

SEU CORAÇÃO ESTAVA INCLINADO PARA SEGUI-LO!

FIEL CAIU DESMAIADO AOS SEUS PÉS.

MEIO INCONSCIENTE, FIEL VIU OUTRO HOMEM CHEGAR PARA PROTEGÊ-LO.

PARE COM ISSO!

ELE GENTILMENTE TOCOU OS FERIMENTOS DE FIEL COM A MÃO, A QUAL ESTAVA TRANSPASSADA.

173

QUANDO FIEL VOLTOU A SI, VIU QUE O HOMEM ESTAVA PARTINDO, MAS CONSEGUIU VER O FERIMENTO QUE TINHA NO LADO.

AHHH...

CRISTO.

O HOMEM QUE AGREDIU VOCÊ ERA MOISÉS??

A LEI EM SUA MÃO EXPÔS O PECADO DO MEU CORAÇÃO. SE MEU SALVADOR NÃO TIVESSE CHEGADO...

VOCÊ É O MEU SALVADOR!

FIEL PAROU PARA REFLETIR SOBRE O TOQUE DO SALVADOR.

"FIEL, VOCÊ É O HOMEM MAIS HONESTO QUE EU CONHEÇO! VOCÊ NÃO TEM MEDO DE ADMITIR SEUS PECADOS. COM CERTEZA NÃO TEVE MEDO DOS LEÕES..."

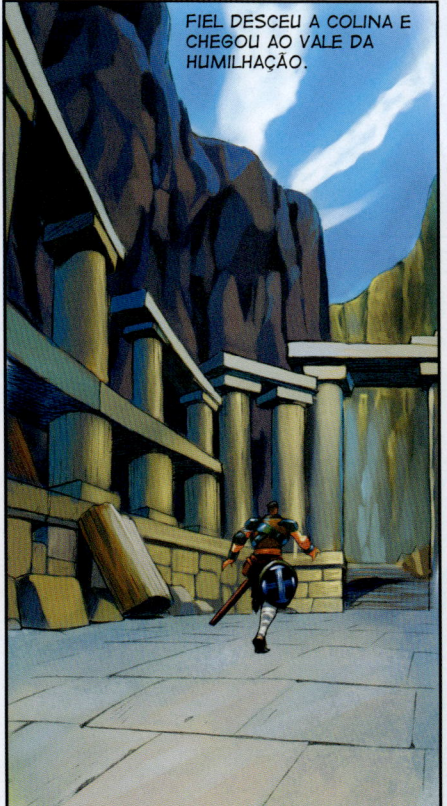

"ELES ESTAVAM DORMINDO..."

JÁ ESTAVA ANOITECENDO QUANDO FIEL PASSOU PELO PORTÃO E O GUARDA CONVIDOU-O PARA PASSAR A NOITE.

"VAMOS EQUIPÁ-LO COM A ARMADURA DE DEUS."

FIEL DESCEU A COLINA E CHEGOU AO VALE DA HUMILHAÇÃO.

"TENHO DE CAMINHAR MAIS ENQUANTO É DIA."

COMO CRISTÃO, FIEL PAROU E SENTOU NO VALE DA HUMILHAÇÃO.

QUANDO LEVANTOU-SE, OUVIU ALGUÉM CHORANDO.

"EI, QUEM É VOCÊ?"

OLHANDO PARA FIEL, O HOMEM ENXUGOU AS LÁGRIMAS.

VOCÊ É FIEL, DA CIDADE DA DESTRUIÇÃO?

VOCÊ É IRMÃO DO ORGULHO, ARROGÂNCIA, AUTOGRATIFICAÇÃO E GLÓRIA-DESTE-MUNDO?

QUEM É VOCÊ?

SOU AMIGO DOS SEUS IRMÃOS. MEU NOME É DESCONTENTE.

FIEL NOTOU QUE A PERNA DELE ESTAVA SANGRANDO.

A MELHOR COISA QUE VOCÊ PODE FAZER É SAIR DAQUI E VOLTAR À CIDADE DA DESTRUIÇÃO.

FIEL ENFAIXOU A PERNA FERIDA DELE.

EU DESEJO UM LUGAR MELHOR.

BAH! SEU TOLO!! VOCÊ SABE O NOME DESTE VALE?

176

— O PORTEIRO ME DISSE QUE É VALE DA HUMILHAÇÃO.

— SE SABE O NOME, POR QUE VEIO AQUI PARA SER HUMILHADO?

— PORQUE O ORGULHO VEM ANTES DA DESTRUIÇÃO E O ESPÍRITO ALTIVO, ANTES DA QUEDA.

— VOCÊ É REALMENTE TOLO E MUITO INGÊNUO NA SUA CRENÇA. NÃO CREIO QUE TERMINARÁ BEM. BOA SORTE!

DESCONTENTE FOI EMBORA E FIEL PROSSEGUIU SOZINHO.

FIEL SEGUIU CHEIO DE FÉ PELO DIFÍCIL CAMINHO DO VALE DA HUMILHAÇÃO.

SUBITAMENTE UM HOMEM BAIXINHO SURGIU DIANTE DE FIEL.
OLÁ! SEJA BEM-VINDO!
QUEM...
MEU NOME É VERGONHA. MEU TRABALHO É RECEBER OS PEREGRINOS QUE CHEGAM AO VALE DA HUMILHAÇÃO.
ENTÃO VOCÊ É SERVO DO SENHOR?
POR QUE TODOS OS CRENTES GOSTAM DE SER CHAMADOS DE SERVOS DO SENHOR?
EU SOU APENAS UM SERVO INÚTIL.
PELA SUA APARÊNCIA, EU TERIA CONFUNDIDO VOCÊ COM UM HERÓI.
MAS VOCÊ NÃO É...
EU DISSE ALGUMA COISA ERRADA?
VOCÊ NÃO SOMENTE DISSE ALGO QUE NÃO DEVIA SER DITO...
COMO O SEU RACIOCÍNIO TAMBÉM É MUITO CONFUSO!

— É ALGO TRISTEMENTE BAIXO E ENGANADOR UM HOMEM SE OCUPAR COM RELIGIÃO. UMA CONSCIÊNCIA SENSÍVEL É ALGO DESUMANO!

— DESUMANO?

— VOCÊ VÊ HOMENS CORAJOSOS GEMENDO E AGONIZANDO AO OUVIR UM SERMÃO E DEPOIS IREM PARA CASA SOLUÇANDO E GEMENDO? É UMA VERGONHA PEDIR PERDÃO AO VIZINHO POR PEQUENAS COISAS... A RELIGIÃO FAZ UM HOMEM REJEITAR AQUILO QUE É GRANDE E CORRER ATRÁS DAQUILO QUE É SEM VALOR.

FIEL SENTIU SEU ROSTO CORAR E FICOU SEM TER O QUE FALAR.

— TODOS VOCÊS SÃO TOLOS SEM CÉREBRO, QUE ACREDITAM CEGAMENTE NAS COISAS. VOCÊ NUNCA OUVIU FALAR EM CIÊNCIA?

FIEL ABAIXOU A CABEÇA E OROU.

EM SUA ORAÇÃO, ELE DISSE:
UM HOMEM QUE OUSA ENCARAR SEUS PECADOS E ADMITIR SUAS FALHAS É UM HOMEM DE VERDADE. COVARDES NÃO TÊM A CORAGEM DE SEGUIR PELO CAMINHO ESTREITO, DO QUAL O MUNDO SE ENVERGONHA. NÓS NÃO ACREDITAMOS CEGAMENTE, MAS O MUNDO NÃO PODE ENXERGAR ATRAVÉS DOS NOSSOS OLHOS DA FÉ.

VERGONHA, VÁ EMBORA! AS COISAS QUE VOCÊ DESPREZA SÃO AS QUE EU CONSIDERO MAIS GLORIOSAS!

AFINAL, OS DESAFIOS QUE VOCÊ ENFRENTOU NÃO FORAM MENORES DO QUE OS QUE EU ENFRENTEI!

7
Sofrimento na Cidade da Vaidade

SEGUINDO PELO CAMINHO, CRISTÃO E FIEL VIRAM UM HOMEM ALTO CAMINHANDO UM POUCO ADIANTE. SUA APARÊNCIA ERA MELHOR DE LONGE DO QUE DE PERTO.

OLÁ, AMIGOS! EU FICARIA FELIZ EM ACOMPANHÁ-LOS NO CAMINHO PARA O CÉU!

FIEL ACENOU COM A CABEÇA AFIRMATIVAMENTE.

PARECE ÓTIMO!

CRISTÃO TINHA SUAS OBJEÇÕES.

FALADOR

FIEL E FALADOR SEGUIRAM LADO A LADO CRISTÃO SEGUIA UM POUCO MAIS ATRÁS.

QUAIS SÃO OS BENEFÍCIOS QUE A FÉ EM DEUS NOS TRAZ?

OH... SÃO TANTOS...

EU JÁ LI MUITOS LIVROS SOBRE FÉ EM DEUS. EU CREIO QUE OS MELHORES BENEFÍCIOS QUE ELA TRAZ SÃO A VIDA ETERNA, A JUSTIÇA DE CRISTO E A PROMESSA DO AMOR E DO CUIDADO DE DEUS. É CLARO QUE AS PESSOAS TÊM DE SE ARREPENDER, CRER, ORAR, ETC. NÓS PODEMOS TER PAZ E FELICIDADE NESTA VIDA E A GLÓRIA NA VIDA FUTURA. VOCÊS CONCORDAM?

FALADOR FALAVA MUITO E FIEL OUVIA ATENTAMENTE.

TUDO ISSO É VERDADE E ESTOU FELIZ OUVINDO VOCÊ.

CRISTÃO OLHOU SÉRIO PARA FALADOR, MOSTRANDO SUA DESCONFIANÇA.

VOCÊ DESCREVE NOSSA FÉ COMO SE FOSSE UM NEGÓCIO.

SIM!! A VIDA É UM INVESTIMENTO E O TEMPO É O NOSSO CAPITAL. PRECISAMOS ADQUIRIR O MÁXIMO DE COISAS NOS NOSSOS LIMITADOS DIAS DE VIDA. MUITAS PESSOAS INVESTEM NAS COISAS DIANTE DELAS, MAS TEMOS QUE TER PROMESSAS NESTA VIDA E NA VIDA FUTURA.

EU NÃO ENTENDO DE FINANÇAS. EU APENAS CREIO QUE A BÍBLIA É VERDADEIRA E ESTOU DISPOSTO A PAGAR QUALQUER PREÇO PELA VERDADE.
É CLARO QUE TAMBÉM ESTOU DISPOSTO A PAGAR PELA VERDADE. MAS COMO SABER O QUE É OU NÃO VERDADE? EU ACHO...
A FÉ E A GRAÇA NOS AJUDAM A COMPREENDER A VERDADE. DEUS SEMPRE FORTALECE A NOSSA FÉ POR MEIO DAS NOSSAS EXPERIÊNCIAS E POR MEIO DA SUA GRAÇA. VOCÊ TEM FÉ EM DEUS?
VOCÊ PARECE QUESTIONAR A MINHA SINCERIDADE...
NÃO POSSO QUESTIONAR SUA SINCERIDADE. SÃO AS NOSSAS ATITUDES DIÁRIAS QUE A COMPROVAM.
SIM! A BÍBLIA DIZ QUE A RELIGIÃO ACEITA POR DEUS COMO PURA É: CUIDAR DOS ÓRFÃOS E DAS VIÚVAS EM SUAS DIFICULDADES E NÃO SE DEIXAR CORROMPER PELO MUNDO.

"VOCÊ ACHA QUE EU SOU SINCERO SÓ NA TEORIA?? MINHA VIDA É MAIS PIEDOSA DO QUE A SUA! EU TENHO..."

SUBITAMENTE FALADOR PAROU DE FALAR E OLHOU PARA FRENTE.

EVANGELISTA CAMINHOU NA DIREÇÃO DELES.

"MEUS QUERIDOS AMIGOS! A PAZ SEJA CONVOSCO!"

"CONTEM-ME SUAS EXPERIÊNCIAS."

CRISTÃO E FIEL FICARAM FELIZES AO VER O BOM AMIGO EVANGELISTA.

"ESTOU MUITO FELIZ QUE VOCÊS CONTINUARAM NO CAMINHO CERTO ATÉ AGORA, APESAR DAS DIFICULDADES QUE ENFRENTARAM. SE NÃO DESISTIREM, COLHERÃO OS FRUTOS NO TEMPO OPORTUNO!"

OS DOIS CONTARAM A EVANGELISTA TODAS AS COISAS QUE EXPERIMENTARAM AO LONGO DO CAMINHO. FALADOR SEGUIA MAIS ATRÁS.

— SR. EVANGELISTA, SUAS PALAVRAS SÃO MUITO SENSÍVEIS. CONCORDO TOTALMENTE COM ELAS!

— QUE O REINO ESTEJA SEMPRE DIANTE DE VOCÊ; CREIA FIRMEMENTE NAS COISAS QUE NÃO VÊ. NÃO PERMITA QUE A SUA FÉ EM DEUS SEJA UM SINO QUE RESSOA OU UM CÍMBALO QUE RETINE.

LOGO VOCÊS CHEGARÃO A UMA CIDADE ONDE HÁ UMA GRANDE VARIEDADE DE COISAS INÚTEIS PARA VENDER. ESSAS COISAS SÃO AS ARTIMANHAS DE BELZEBU PARA SEDUZIR AS PESSOAS E LEVÁ-LAS A ADORÁ-LO.

A CIDADE DA VAIDADE É LOGO ADIANTE. ELA É PIOR QUE O VALE DA HUMILHAÇÃO E O VALE DA SOMBRA DA MORTE.

EU VIM ATÉ AQUI PARA LHES DAR ESTE AVISO IMPORTANTE!

LEMBREM-SE: VOCÊS DEVEM ENTRAR NO REINO DOS CÉUS DEPOIS DE ENFRENTAR MUITAS DIFICULDADES; PRISÕES E TRIBULAÇÕES OS AGUARDAM EM CADA CIDADE.

ESTA FOI A ARMADILHA COLOCADA POR BELZEBU NO CAMINHO DA CIDADE CELESTIAL HÁ DOIS MIL ANOS.

SEJAM FIÉIS ATÉ A MORTE E O REI LHES DARÁ A COROA DA VIDA. MESMO QUE SUA MORTE SEJA DOLOROSA E VIOLENTA, AQUELE QUE MORRER ALI RECEBERÁ BÊNÇÃOS ACIMA DE QUALQUER MEDIDA.

COLOQUEM SUAS VIDAS NAS MÃOS DO SEU FIEL CRIADOR.

CRISTÃO E FIEL SEGUIRAM ADIANTE EM SILÊNCIO. A NOITE CAIU.

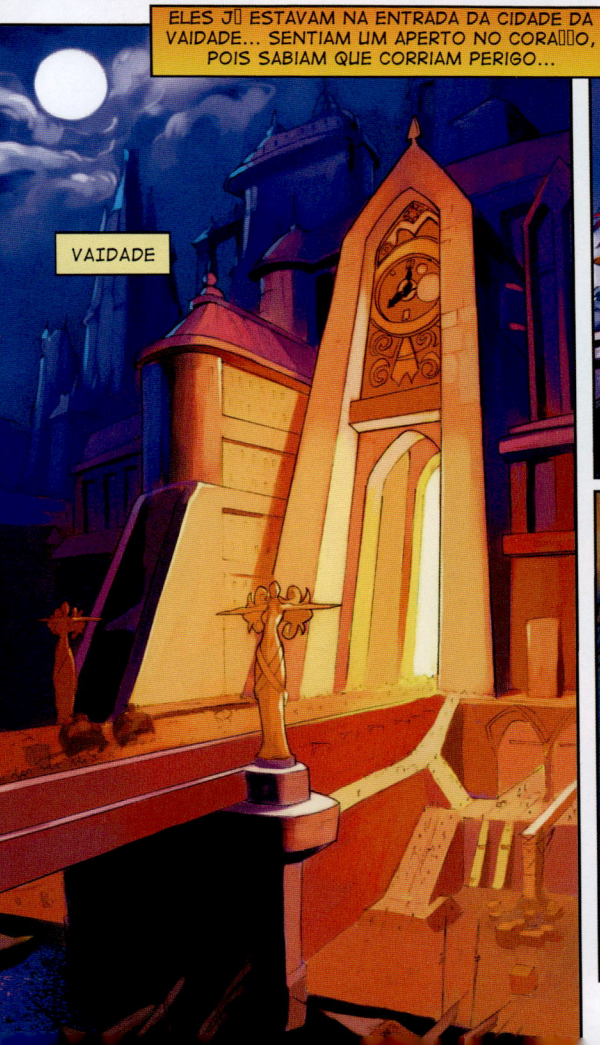

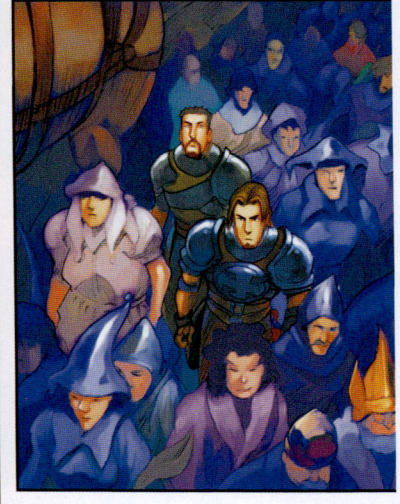

ONDE ESTÁ FALADOR? ESTÁ SILENCIOSO AQUI SEM ELE.

ELE SE AFASTOU DEPOIS DE OUVIR AS PALAVRAS DO EVANGELISTA...

ELES JÁ ESTAVAM NA ENTRADA DA CIDADE DA VAIDADE... SENTIAM UM APERTO NO CORAÇÃO, POIS SABIAM QUE CORRIAM PERIGO...

VAIDADE

AS PESSOAS DA CIDADE OLHAVAM PARA ELES, ACHANDO-OS TOLOS.

121

HE HE HE!!

HA HA HA!!

TODOS OBSERVAVAM OS DOIS INTENSAMENTE.

A APARÊNCIA DELES É ESTRANHA... ELES SÃO MALUCOS!!

QUANDO OS MERCADORES ANUNCIAVAM SUAS MERCADORIAS, OS DOIS TAPAVAM OS OUVIDOS.

DESVIE NOSSOS OLHOS DAS COISAS INDIGNAS!!

O QUE ESSES LUNÁTICOS ESTÃO DIZENDO??

O QUE VOCÊS PRETENDEM COMPRAR?

NÓS VAMOS COMPRAR A VERDADE!

QUÊ??

HE HE HE!!

HA HA HA!!

TODAS AS PESSOAS ROMPERAM EM GARGALHADAS.

ALGUMAS PESSOAS ZOMBAVAM DELES, OUTRAS FAZIAM PIADAS, OUTRAS OS OFENDIAM, OUTRAS FALAVAM EM AGREDI-LOS.

JOGUEM OS DOIS PRA FORA DA CIDADE!!

ELES SÃO LOUCOS!!

ELES QUEREM NOS DESAFIAR!!

MAIS E MAIS PESSOAS SE REUNIAM AO REDOR DOS DOIS... A MULTIDÃO ENFURECIDA CRESCEU ATÉ QUE VIROU UM TUMULTO. DESTA FORMA, TUDO TORNOU-SE UMA GRANDE CONFUSÃO.

RAPIDAMENTE CHEGOU UM GRUPO DE SOLDADOS.

PRENDAM ESSES DOIS HOMENS!!

ELES FORAM LEVADOS À DELEGACIA PARA INTERROGATÓRIO.

DE ONDE VOCÊS VIERAM? PARA ONDE ESTÃO INDO? O QUE ESTÃO FAZENDO AQUI COM ESSAS ROUPAS ESTRANHAS?

NÓS SOMOS PEREGRINOS E ESTRANGEIROS NO MUNDO. ESTAMOS INDO PARA O NOSSO PRÓPRIO PAÍS, QUE É A JERUSALÉM CELESTIAL.

TODOS OS PRESENTES DESATARAM A RIR.

HA HA HA

HA HA HA!! QUE RIDÍCULO!!

EU NÃO ACHO ISSO RIDÍCULO! ESTAMOS APENAS SEGUINDO NOSSO CAMINHO. NÓS NÃO DEMOS MOTIVO PARA OS MERCADORES NOS AGREDIREM!

QUANDO OS MERCADORES PERGUNTARAM O QUE QUERIAM COMPRAR, O QUE VOCÊS RESPONDERAM?

QUEREMOS COMPRAR A VERDADE!

195

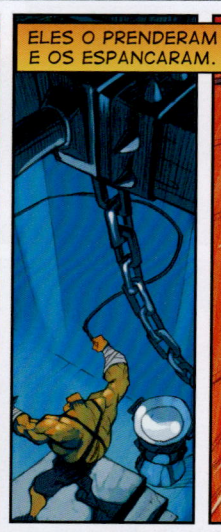

— VOCÊS VIERAM CAUSAR PROBLEMAS NA NOSSA CIDADE!

— ESTAMOS DIZENDO A VERDADE!!

— OU ENTÃO OS DOIS SÃO LOUCOS!

ELES O PRENDERAM E OS ESPANCARAM.

— VENHAM, HOMENS!!

— AI!!!

OS SOLDADOS JOGARAM SUJEIRA NELES E OS COLOCARAM NUMA JAULA, PARA SERVIREM DE ESPETÁCULO PARA TODOS NA CIDADE.

— HA HA HA!
— VEJAM!!

ENQUANTO ESTAVAM NA JAULA, MUITAS PESSOAS PASSAVAM E ZOMBAVAM.

AINDA QUEREM COMPRAR A VERDADE?

O QUE ELES ESTÃO DIZENDO?

LEMBREMOS DO CONSELHO DO EVANGELISTA: "NÃO RESPONDAM INSULTO COM INSULTO!"

O POVO DIZ QUE ELES FALAM PALAVRAS DO CÉU.

BAH!! QUE TOLICE!

VOCÊ É O LÍDER DA CIDADE? QUE O SENHOR O ABENÇOE! ARREPENDA-SE E VOCÊ PODERÁ SALVAR TODAS AS PESSOAS DAQUI!

O LÍDER DA CIDADE CUSPIU NELES E AS PESSOAS EM VOLTA FIZERAM O MESMO.

PAPAI, ELES NÃO SÃO PESSOAS MÁS... POR QUE ESTÃO SENDO MALTRATADOS?

197

CALE A BOCA!!

POW!!

A CRIANÇA NÃO DISSE NADA DE ERRADO!! VOCÊS, VAGABUNDOS, DEVIAM SER COLOCADOS NA JAULA NO LUGAR DELES!

VOCÊS SÃO LOUCOS COMO ELES!

ATÉ ONDE PODEMOS VER, OS HOMENS PRESOS ESTÃO QUIETOS E NÃO INCOMODARAM NINGUÉM!

E TODOS COMEÇARAM A SE OFENDER MUTUAMENTE.

A BRIGA SE TORNOU GENERALIZADA.

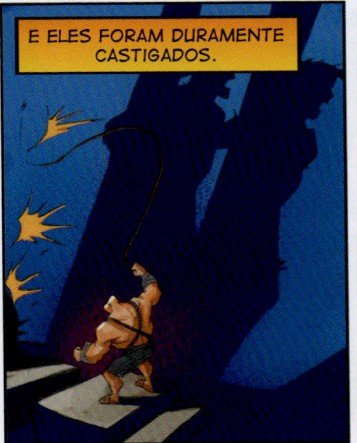

POR QUE VOCÊS ESTÃO LUTANDO UNS CONTRA OS OUTROS??

OS DOIS PEREGRINOS FORAM NOVAMENTE LEVADOS DIANTE DOS INTERROGADORES.

ELES SÃO ACUSADOS DE CAUSAR O RECENTE TUMULTO NA CIDADE.

E ELES FORAM DURAMENTE CASTIGADOS.

SEUS PÉS E MÃOS FORAM ACORRENTADOS E ELES FORAM EXIBIDOS PELA CIDADE.

UMA GAROTA LHES OFERECEU ÁGUA.

ESPERANÇA

OS GUARDAS DERRAMARAM A ÁGUA E BATERAM NA MENINA.

ESTA É A RECOMPENSA PARA QUEM SE ASSOCIA A ELES.

— OBRIGADO!!

— NÓS TEMOS QUE MATÁ-LOS!!

OS DOIS PEREGRINOS FORAM PRESOS NA JAULA PARA PASSAR A NOITE.

— O SENHOR É MEU PASTOR...

— QUAL DE NÓS SERÁ MORTO PRIMEIRO?

— FIEL, NÃO TENHA MEDO! LEMBRA-SE DAS PALAVRAS DO EVANGELISTA?

— MEU QUERIDO IRMÃO, LEMBRE-SE QUE NOSSO PAI NÃO DEIXARÁ NENHUM DE NÓS SOZINHO!

— EU NÃO QUERO QUE VOCÊ VÁ SE ENCONTRAR COM O PAI E ME DEIXE AQUI PARA SOFRER SOZINHO.

O SILÊNCIO ERA ABSOLUTO NO TRIBUNAL. CRISTÃO E FIEL SE LEVANTARAM PARA FAZER SUA DEFESA.

CEGUEIRA · INJUSTIÇA · MALÍCIA · LASCÍVIA · LIBERTINAGEM · TEMERIDADE

ALTIVEZ · IMPLACÁVEL · MENTIRA · MALEVOLÊNCIA · ÓDIO-À-LUZ · INSATISFAÇÃO

INIMIGO DO BEM

FIEL E CRISTÃO NÃO DISSERAM UMA PALAVRA.

CRISTÃO E FIEL SÃO OPOSITORES E PERTURBADORES DO COMÉRCIO EM NOSSA CIDADE. ELES CAUSARAM DIVISÕES E DISTÚRBIOS E NÃO SE SUBMETEM À LEI.

A PRIMEIRA TESTEMUNHA ENTROU.

INVEJA

EU CONHEÇO ESTE HOMEM. ELE NÃO TEM RESPEITO POR LEIS OU TRADIÇÕES! ELE IMPÕE A OUTROS HOMENS SUAS NOÇÕES DESLEAIS, QUE CHAMA DE "PRINCÍPIOS DE FÉ" E "SANTIDADE". EU O OUVI DIZER QUE A CIDADE DA VAIDADE É UMA "CIDADE DE DEMÔNIOS".

A SEGUNDA TESTEMUNHA FOI CHAMADA.

EU O OUVI DIZER QUE AQUILO QUE COMPRAMOS NÃO TEM VALOR E QUE A NOSSA RELIGIÃO NÃO ERA NADA!

EU APENAS DISSE QUE QUALQUER LEI, REGRA OU TRADIÇÃO QUE SE OPÕE ABERTAMENTE À PALAVRA DE DEUS TAMBÉM SE OPÕE CLARAMENTE AO CRISTIANISMO.

SUPERSTIÇÃO

ENTROU A TERCEIRA TESTEMUNHA.

SOMENTE CRISTO É O CAMINHO, A VERDADE E A VIDA!

MERITÍSSIMO, EU O OUVI DIZER COISAS QUE NÃO DEVERIAM SER DITAS...

GLÓRIA HUMANA

GLÓRIA HUMANA MENEOU A CABEÇA E NÃO DISSE NADA

O QUE ELE DISSE??

FALE!!!

ELE ZOMBOU DO NOSSO NOBRE REI E FALOU COM DESPREZO DOS SEUS HONORÁVEIS AMIGOS, CUJOS NOMES SÃO DELEITE CARNAL, LUXÚRIA, DESEJO DE GLÓRIA, CARNALIDADE, AVAREZA, BEM COMO DE TODOS OS OUTROS NOBRES LÍDERES. ALÉM DISSO, ELE CHAMOU O SENHOR, MERITÍSSIMO, DE VILÃO PROFANO!

O LÍDER DESTA CIDADE BEM COMO TODOS OS SEUS ASSESSORES SÃO INIMIGOS DE DEUS! SE VOCÊS NÃO SE ARREPENDEREM, CORREM O RISCO DE PROVAR O FOGO DO INFERNO!!

O JÚRI DECIDIRÁ QUEM PROVARÁ O FOGO DO INFERNO!!!

O JÚRI ESTAVA DELIBERANDO.

203

— POR FAVOR, DISPENSEM O JÚRI PARA DELIBERAÇÃO.

— MERITÍSSIMO, NOSSO VEREDITO É UNÂNIME: CONSIDERAMOS ESSES HOMENS CULPADOS DAS ACUSAÇÕES!

— FIEL E CRISTÃO SÃO ACUSADOS DE COLOCAR A NOSSA CIDADE EM PERIGO. A SENTENÇA É A MORTE!

— FIEL SERÁ QUEIMADO NA ESTACA AMANHÃ E CRISTÃO SERÁ EXECUTADO NO DIA SEGUINTE.

CRISTÃO E FIEL FORAM TRANCADOS EM CELAS SEPARADAS. NO ESCURO, ELES CANTAVAM PARA ENCORAJAR UM AO OUTRO.

NA MANHÃ SEGUINTE, OS PÉS E AS MÃOS DE FIEL FORAM AMARRADOS COM CORRENTES.

FIEL FOI AMARRADO A UMA ESTACA E O JUIZ LEU A DECISÃO DO TRIBUNAL.

O ROSTO DE FIEL BRILHOU À LUZ DA MANHÃ, CHEIO DE ESPERANÇA.

ELES O AÇOITARAM.

ELES O ESPANCARAM.

ELES O QUEIMARAM.

FINALMENTE, INCENDIARAM SEU CORPO ATÉ TRANSFORMÁ-LO EM CINZAS.

HAVIA UMA CARRUAGEM AGUARDANDO FIEL, MAS ELA ERA INVISÍVEL PARA A MULTIDÃO.

FIEL ENTROU NA CARRUAGEM E FOI CONDUZIDO RAPIDAMENTE ATRAVÉS DAS NUVENS, AO SOM DE TROMBETAS.

DA PRISÃO, CRISTÃO OUVIU O SOM DAS TROMBETAS.

FIEL...

ELE CURVOU A CABEÇA E OROU...

CLANG!!

A PORTA DA CELA SE ABRIU.

8
Esperança e Desespero

CRISTÃO ESCAPOU DA PRISÃO. HAVIA MUITA NEBLINA E OS GUARDAS ESTAVAM DORMINDO.

ELE SAIU PELAS RUAS DA CIDADE ENQUANTO O POVO AINDA DORMIA.

FICOU SURPRESO AO VER UMA MENINA SE APROXIMAR COM UMA VASILHA DE ÁGUA.

EU ME LEMBRO DE VOCÊ...

EU SOU ESPERANÇA! VOCÊ E FIEL ME DERAM ESTE NOME!

SENHOR, BEBA UM POUCO DE ÁGUA!

CRISTÃO LEMBROU-SE DE FIEL...

ELES PASSARAM PELO LOCAL ONDE FIEL FOI TORTURADO.

CRISTÃO SENTIU-SE CONFORTADO COM A PRESENÇA DE ESPERANÇA.

EU VI FIEL MORRER PELA VERDADE NAQUELE DIA E SER CONDUZIDO PARA O CÉU.

DEIXE-ME IR COM VOCÊ PARA A CIDADE CELESTIAL.

ESPERANÇA SEGUIU CRISTÃO PARA FORA DA CIDADE DA VAIDADE. MAS ELA OLHAVA PARA TRÁS E PARECIA RELUTANTE EM DEIXAR A CIDADE.

NÃO OLHE PARA TRÁS!

EU CREIO QUE MUITAS PESSOAS DA CIDADE PODERÃO NOS SEGUIR MAIS TARDE.

NO CAMINHO PARA MONTE SIÃO, ELES CHEGARAM A UMA PLANÍCIE E VIRAM QUATRO HOMENS ANDANDO ADIANTE DELES.

VAMOS ENCONTRAR MUITOS VIAJANTES PELO CAMINHO.

VOCÊ PRECISARÁ DISCERNIR QUAIS SÃO INIMIGOS E QUAIS SÃO AMIGOS.

ESPERANÇA APROXIMOU-SE DOS QUATRO HOMENS E APRESENTOU OS DOIS. ELE OLHARAM PARA AS ROUPAS RASGADAS DE CRISTÃO E SORRIRAM MEIO RELUTANTES.

INTERESSE PRÓPRIO

AMANTE-DO-DINHEIRO

QUALQUER COISA

CONTEMPORIZADOR

VOCÊS VIERAM DA CIDADE DE BOAS PALAVRAS E DA CIDADE DA GANÂNCIA NO NORTE. ESPERO QUE NÃO SE IMPORTEM COM MINHAS ROUPAS.

ELES SE ENTREOLHARAM E NÃO DISSERAM NADA.

ELE É CRISTÃO E ACABOU DE ESCAPAR DA CIDADE DA VAIDADE. SEU COMPANHEIRO, FIEL, FOI MORTO POR CAUSA DA VERDADE.

NÃO ACREDITO! HÁ UM ENORME ENTUSIASMO SOBRE RELIGIÃO EM MINHA CIDADE. EU E MEUS AMIGOS AQUI SOMOS TODOS MUITO ZELOSOS COM A FÉ. NÓS ADORAMOS ANDAR PELAS RUAS QUANDO O SOL BRILHA.

QUER DIZER QUE QUANDO CHOVE OU QUANDO O VENTO ESTÁ FORTE VOCÊS NÃO CAMINHAM PARA A CIDADE CELESTIAL?

ÀS VEZES DEUS MANDA CHUVA, OUTRAS VEZES MANDA SOL. VOCÊS NÃO ATRASAM SUA JORNADA QUANDO O TEMPO ESTÁ RUIM?

NÃO! CRER É UMA DECISÃO DE VIDA OU MORTE. EU SIGO ADIANTE, MESMO QUE VESTINDO TRAPOS, ODIADO E PRESO EM CADEIAS, OU QUANDO ANDO PELAS RUAS SENDO APLAUDIDO!

213

CONTEMPORIZADOR COLHEU UMA FLOR NA BEIRA DO CAMINHO.

DEUS NOS DEU VIDA E RIQUEZAS. VOCÊ NÃO CRÊ QUE ELE SUSTENTA ESTAS COISAS PARA NÓS?

CRISTÃO EMPURROU SUA MÃO.

SÓ UM TOLO TEM A CHANCE DE GUARDAR O QUE TEM E JOGA FORA. NUNCA OUVIU SOBRE SER PRUDENTE COMO AS SERPENTES?

NÃO FALE COM ELE. ALGUMAS PESSOAS GOSTAM DE JULGAR AS OUTRAS. ELAS SE ACHAM JUSTAS E RÍGIDAS DEMAIS E ISSO AS LEVA A CONDENAR TODOS, MENOS A SI PRÓPRIAS.

CREIO QUE CADA UM TEM O SEU PRÓPRIO CONCEITO DE RELIGIÃO.

EU RESPEITO A LIBERDADE DOS OUTROS, MAS NÃO ACHO QUE RELIGIÃO SEJA UMA FERRAMENTA PARA SE OBTER LUCRO.

TALVEZ VOCÊ NÃO SAIBA QUE MEUS AMIGOS SÃO MESTRES NO LUCRO DO AMOR. ELES SERVEM A DEUS DE TODO O CORAÇÃO.

EU SEI QUE TODOS ELES FORAM ENSINADOS PELO MESMO PROFESSOR, A COBIÇA. ELES GANHARAM MUITO DINHEIRO COM A RELIGIÃO.

— VOCÊ OUSA DIZER QUE NÓS FICAMOS RICOS COM RELIGIÃO?

— ABRAÃO E SALOMÃO TAMBÉM FICARAM RICOS POR MEIO DA RELIGIÃO. DEUS É O SER MAIS RICO DO UNIVERSO. VOCÊ ACHA QUE ELE DESEJA QUE SEUS SEGUIDORES SEJAM POBRES??

— EU NÃO CREIO QUE SEJA PECADO SER RICO...

— SE É ERRADO SEGUIR A JESUS PARA CONSEGUIR COMIDA, QUANTO MAIS ABOMINÁVEL SERIA TIRAR VANTAGEM DELE OU DA RELIGIÃO PARA CONSEGUIR COISAS MUNDANAS!

OS FARISEUS HIPÓCRITAS FAZIAM LONGAS ORAÇÕES PARA SEREM VISTOS, MAS EXPLORAVAM AS VIÚVAS.

SIMÃO, O MÁGICO, TAMBÉM FEZ MAU USO DA RELIGIÃO. ELE TENTOU COMPRAR O DOM DO ESPÍRITO SANTO A FIM DE OBTER LUCRO COM ELE.

OS QUATRO FICARAM SEM ARGUMENTOS.

215

INTERESSE PRÓPRIO E SEU GRUPO DIMINUÍRAM A MARCHA, ESPERANDO QUE CRISTÃO E ESPERANÇA SE AFASTASSEM.

DO OUTRO LADO DA PLANÍCIE, HAVIA UMA PEQUENA COLINA CHAMADA LUCRO. NELA HAVIA UMA MINA DE PRATA.

OS QUATRO HOMENS CORRERAM ATÉ LÁ.

EI, OLHEM!! UMA MINA DE PRATA!

VAMOS LÁ OLHAR.

AQUELE TESOURO É UMA ARMADILHA PARA OS QUE VÃO LÁ, POIS TIRA OS PEREGRINOS DO SEU CAMINHO.

EU TEREI CUIDADO!

AHHHH!!!

OS QUATRO HOMENS CAÍRAM NO BURACO QUANDO TENTARAM OLHAR DENTRO DELE.

ESPERANÇA TAMBÉM QUASE CAIU, MAS FELIZMENTE CRISTÃO SEGUROU SUA MÃO!

SE USARMOS DEUS APENAS PARA OBTERMOS RIQUEZAS, NO FINAL PERDEREMOS ESTA VIDA E A VIDA FUTURA.

ELES...

ESPERANÇA E CRISTÃO SEGUIRAM SEU CAMINHO, LEMBRANDO COMO JUDAS TINHA TRAÍDO O SENHOR EM TROCA DE DINHEIRO.

ESPERANÇA OLHOU PARA CIMA E VIU ESCRITO NO MONUMENTO: "LEMBREM-SE DA ESPOSA DE LÓ".

ELES CHEGARAM A UM LUGAR ONDE HAVIA UM ENORME MONUMENTO AO LADO DO CAMINHO.

GRAÇAS A DEUS NÓS NÃO SERVIMOS COMO ESTE EXEMPLO...

VEJA!

CRISTÃO SE VIROU E FICOU IMPRESSIONADO COM A VISTA.

DIANTE DELES HAVIA UM RIO CHAMADO RIO DA ÁGUA DA VIDA. AGORA O CAMINHO DELES SEGUIA A MARGEM DO RIO.

ELES CAMINHARAM COM PRAZER PELA MARGEM DO RIO.

EM AMBAS AS MARGENS DO RIO HAVIA PRADOS COM LINDAS FLORES E QUE CONTINUAVAM VERDES DURANTE O ANO TODO. ELES DEITARAM E DORMIRAM NA GRAMA, POIS SABIAM QUE ALI ESTAVAM EM SEGURANÇA.

S TAMBÉM BEBERAM DA ÁGUA DO QUE ERA REFRESCANTE E ELA OVOU O ESPÍRITO DELES.

QUANDO ACORDARAM, PEGARAM MAIS FRUTOS DAS ÁRVORES E BEBERAM ÁGUA DO RIO.

QUE FRUTOS DELICIOSOS HÁ NESSAS ÁRVORES! EU VENDERIA TUDO O QUE TENHO PARA COMPRAR ESTE CAMPO!

DEPOIS DE VÁRIOS DIAS ALI, ELES SE SENTIRAM RENOVADOS E PRONTOS PARA CONTINUAR.

QUANDO O CAMINHO SE DISTANCIOU DO RIO, ELE SE TORNOU DIFÍCIL.

UFF!

EU GOSTARIA QUE O CAMINHO FOSSE MELHOR!

VAMOS ADIANTE!

VEJA!!

PERTO DE ONDE ESTAVAM, HAVIA UM PRADO DO LADO ESQUERDO DA ESTRADA, COM UM CONJUNTO DE DEGRAUS CONSTRUÍDOS SOBRE A CERCA QUE MARGEAVA O PRADO, CHAMADO DE "PRADO CAMINHO ERRADO".

ELES FORAM ATÉ OS DEGRAUS PARA OLHAR. DO OUTRO LADO DA CERCA HAVIA UM CAMINHO QUE CORRIA PARALELO AO CAMINHO POR ONDE ELES IAM.

CRISTÃO PULOU POR CIMA DA CERCA.

MAS E SE ESSE CAMINHO NOS LEVAR PARA LONGE DO NOSSO CAMINHO?

NÃO É PROVÁVEL. VEJA: VOCÊ NOTOU COMO ELE É PARALELO AO NOSSO CAMINHO?

E HÁ OUTRO PEREGRINO VIAJANDO POR ELE.

— SENHOR, ONDE ESTE CAMINHO NOS LEVA?

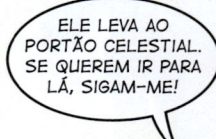

— ELE LEVA AO PORTÃO CELESTIAL. SE QUEREM IR PARA LÁ, SIGAM-ME!

VÃ-CONFIANÇA

E ELES SEGUIRAM, MAS LOGO ANOITECEU.

FOI FICANDO CADA VEZ MAIS ESCURO. CRISTÃO E ESPERANÇA COMEÇARAM A SENTIR MEDO.

UAIII!

O QUE ACONTECEU?

ONDE NÓS ESTAMOS AGORA?

REPENTINAMENTE COMEÇOU UMA TEMPESTADE.

CRACK! **CABUUMM!**

COM A CLARIDADE DO RELÂMPAGO, VIRAM VÃ-CONFIANÇA CAÍDO DENTRO DE UM BURACO.

A CHUVA FOI AUMENTANDO CADA VEZ MAIS.

A ÁGUA COMEÇOU A SUBIR COMO NUMA ENCHENTE.

EU ESTAVA ERRADO.

FLASH!

CRACK!

A ÁGUA JÁ TINHA SUBIDO TANTO QUE CHEGAVA AO PESCOÇO DELES.

ESTAVA TÃO ESCURO E O NÍVEL DA ÁGUA TÃO ALTO QUE, AO TENTAR VOLTAR, ELES QUASE SE AFOGARAM VÁRIAS VEZES.

EM SEGUIDA, CRISTÃO OUVIU UMA VOZ QUE DIZIA: PEGUE O CAMINHO DA RODOVIA, VOLTE PARA A ESTRADA EM QUE ESTAVA, RETORNE.

A CORRENTEZA ESTAVA TÃO FORTE QUE ELES TIVERAM DE PARAR E SE ABRIGAR.

FINALMENTE PODEMOS DESCANSAR.

EU SINTO MUITO.

CANSADOS, OS DOIS LOGO ADORMECERAM.

NA MANHÃ SEGUINTE, O SOL BRILHOU FORTE. CRISTÃO ABRIU OS OLHOS.

225

PERTO DO LOCAL ONDE ESTAVAM HAVIA UM CASTELO.

A SOMBRA DE UM GIGANTE ATINGIU OS DOIS. CRISTÃO ARREGALOU OS OLHOS.

O GIGANTE ERA MEDONHO E TINHA UM OLHAR AMEAÇADOR.

GIGANTE DESESPERO

CRISTÃO ESTAVA COM MEDO E ESPERANÇA TAMBÉM ABRIU OS OLHOS ASSUSTADA.

QUEM SÃO VOCÊS? VOCÊS INVADIRAM MINHAS TERRAS! VENHAM COMIGO!

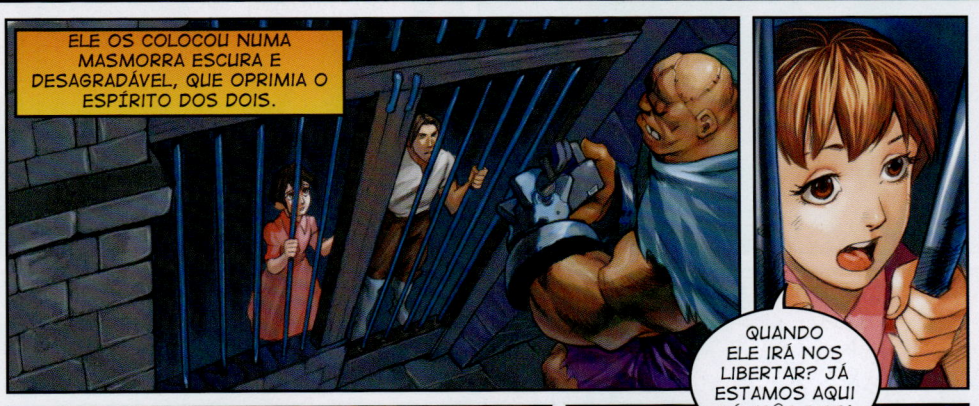

GIGANTE OS LEVOU PARA SEU CASTELO.

ELE OS COLOCOU NUMA MASMORRA ESCURA E DESAGRADÁVEL, QUE OPRIMIA O ESPÍRITO DOS DOIS.

QUANDO ELE IRÁ NOS LIBERTAR? JÁ ESTAMOS AQUI HÁ TRÊS DIAS!

EU LAMENTO TER COLOCADO VOCÊ NESTA SITUAÇÃO.

A PORTA SE ABRIU.

O GIGANTE DESESPERO ENTROU JUNTO COM SUA ESPOSA.

HESITAÇÃO

BATA NELES!!

O GIGANTE BATEU NELES DE FORMA TÃO VIOLENTA QUE ELES NÃO TIVERAM COMO SE DEFENDER.

ESPERANÇA E CRISTÃO SENTIRAM-SE DESESPERADOS E MISERÁVEIS.

NO DIA SEGUINTE, O GIGANTE BATEU NELES NOVAMENTE.

DEIXE-NOS IR! POR QUE NOS TORTURA DESTA MANEIRA?

OS DOIS ESTAVAM TÃO DOLORIDOS E DESANIMADOS QUE COMEÇARAM A PENSAR NA POSSIBILIDADE DE SUICÍDIO.

CLANG!!

VOCÊS JAMAIS SAIRÃO DAQUI! A ÚNICA FORMA DE ESCAPAREM SERÁ TIRANDO A PRÓPRIA VIDA COM UMA FACA, UMA CORDA OU VENENO. POR QUE VOCÊS ESCOLHERIAM A VIDA SE ELA É ACOMPANHADA DE TAMANHA AMARGURA?

POR QUE EU DEVERIA CONTINUAR VIVENDO NUMA CONDIÇÃO TÃO MISERÁVEL?

CRISTÃO VIU ALGUMA COISA BRILHANDO NO CHÃO.

ERA UM PEDAÇO PEQUENO DE METAL.

ELE PEGOU O METAL E ENCOSTOU NO PULSO.

NÃO!!! PARE!!!

NÓS NÃO ESTAMOS DESESPERADOS!!

230

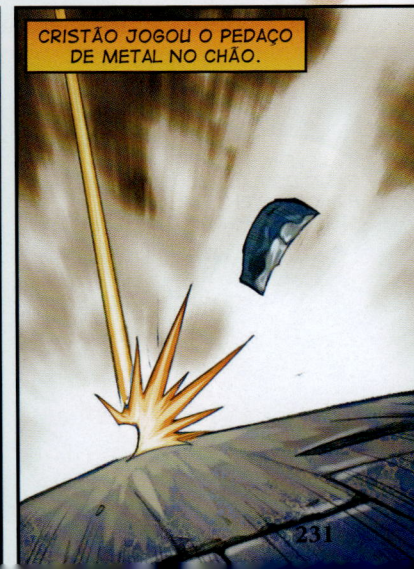

EU SEI QUE VOCÊ NÃO TEM MEDO DE MORRER... EU VI A SUA BRAVURA NA CIDADE DA VAIDADE. VOCÊ NÃO TEVE MEDO DAS CORRENTES, DA JAULA E NEM DA PERSPECTIVA DA MORTE VIOLENTA.

A MORTE É MELHOR DO QUE A VIDA. EU NÃO TENHO MEDO DE MORRER!

APOLION NÃO CONSEGUIU DOBRAR VOCÊ, NEM TUDO AQUILO QUE VOCÊ OUVIU, VIU OU SENTIU NO VALE DA SOMBRA DA MORTE. QUANTAS DIFICULDADES, TERRORES E ASSOMBROS VOCÊ JÁ ULTRAPASSOU! O QUE HOUVE COM A SUA CORAGEM?

CRISTÃO JOGOU O PEDAÇO DE METAL NO CHÃO.

SOMENTE DEUS TEM AUTORIDADE PARA TIRAR A VIDA.

ELES ORARAM JUNTOS.

231

NÓS ENCONTRAREMOS UMA SAÍDA. AINDA HÁ ESPERANÇA!

MUITO OBRIGADO, ESPERANÇA!

A PORTA SE ABRIU NOVAMENTE E ENTROU UMA CLARIDADE.

POR QUE AINDA NÃO SE MATARAM?

LEVE-OS AO PÁTIO DO CASTELO E FAÇA-OS ENTRAR EM DESESPERO!

NO PÁTIO HAVIA OSSOS E CRÂNIOS, ALGUNS ESMAGADOS E OUTROS QUEIMADOS.

ESSES OSSOS ERAM DE PEREGRINOS TAMBÉM! DENTRO DE DEZ DIAS FAREI O MESMO COM VOCÊS!!

EU RECEIO QUE ELES POSSUAM ALGUMA COISA QUE LHES DÁ ESPERANÇA. AMANHÃ NÓS VAMOS REVISTÁ-LOS!

POUCO ANTES DO AMANHECER, CRISTÃO SE LEMBROU DE UMA CHAVE QUE TINHA ESCONDIDO NA ARMADURA.

— ONDE VOCÊ ARRANJOU ESTA CHAVE?

— ESTA É A CHAVE CHAMADA PROMESSA. QUEM ME DEU FOI UM ANJO.

QUANDO ELE GIROU A CHAVE, O CADEADO DA PORTA SE ABRIU.

CLICK!!

— COMO EU SOU BOBO! EU SABIA QUE ESTA CHAVE DESTRANCA QUALQUER PORTA NO CASTELO DA DÚVIDA.

— VAMOS SAIR DAQUI DE UMA VEZ!

235

ELES CHEGARAM À PORTA DO CASTELO. CRISTÃO TENTAVA ABRI-LA COM A CHAVE, ENQUANTO ESPERANÇA AGUARDAVA ANSIOSA.

O CADEADO ESTAVA EMPERRADO E CRISTÃO LUTOU PARA ABRI-LO.

OH, NÃO!!

DEPRESSA!!

O GIGANTE DESESPERO ACORDOU E FOI ATRÁS DOS PRISIONEIROS.

O CADEADO NÃO CEDIA.

TENHA FÉ!!!

EXATAMENTE QUANDO O GIGANTE ESTAVA CHEGANDO, O CADEADO ABRIU!

CLICK!!

ELES ABRIRAM RAPIDAMENTE A PORTA E ESCAPARAM.

CORRE!!!!!

OHHH!

GRRRRR!!

TLONK!!

ELES SALTARAM A CERCA E SAÍRAM DAS TERRAS DO GIGANTE.

NÃO OLHE PARA TRÁS.

9 As Montanhas Deleitosas

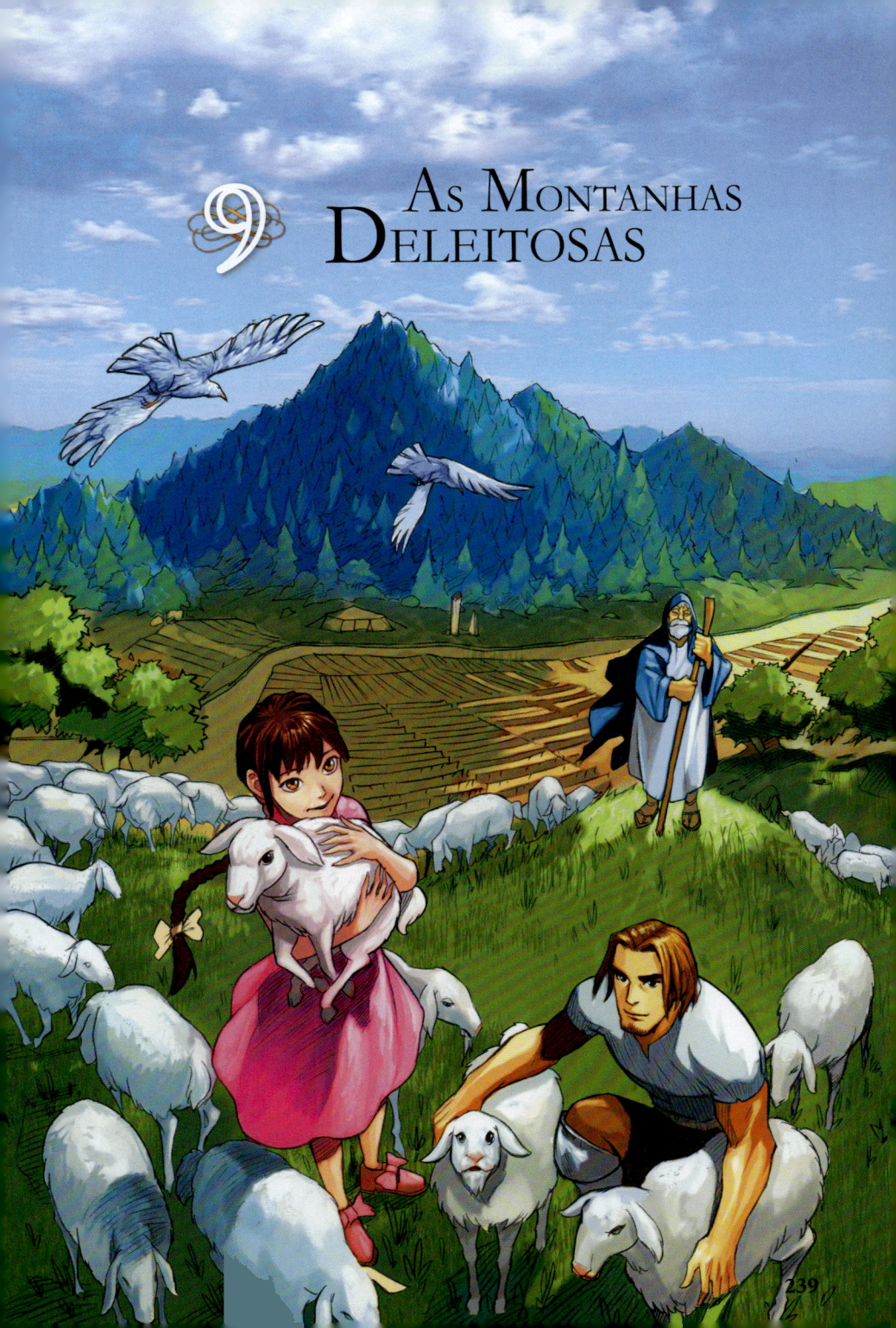

CRISTÃO E ESPERANÇA SUBIRAM E DESCERAM MONTANHAS ATÉ CANSAR. DE REPENTE, UMA LINDA PAISAGEM ABRIU-SE DIANTE DELES, QUE TINHAM CHEGADO ÀS MONTANHAS DELEITOSAS. HAVIA VINHEDOS E FONTES JORRANDO ÁGUA. ELES COMERAM E BEBERAM LIVREMENTE E SE LAVARAM NA FONTE.

MONTANHAS DELEITOSAS

— ESTE LUGAR É MARAVILHOSO!

ELES VIRAM ALGUÉM NO TOPO DE UMA MONTANHA.

ERA UM PASTOR CUIDANDO DO SEU REBANHO.

— ESSAS SÃO AS MONTANHAS DELEITOSAS, TERRAS DO MEU SENHOR. AS OVELHAS TAMBÉM SÃO DELE E ELE DÁ A VIDA POR ELAS.

— DE QUEM É ESTA TERRA TÃO BONITA?

— ESTE É O CAMINHO PARA A CIDADE CELESTIAL?

— ELA ESTÁ MUITO DISTANTE DAQUI?

241

"LONGE DEMAIS, EXCETO PARA AQUELES QUE SÃO REALMENTE SINCEROS."

"O CAMINHO É SEGURO OU PERIGOSO?"

"É SEGURO PARA QUEM DEVE SER SEGURO. OS REBELDES, PORÉM, TROPEÇAM NELE."

"NÓS SOMOS PECADORES ABENÇOADOS."

O PASTOR GOSTOU DA RESPOSTA DE CRISTÃO E O OLHOU COM MUITA SIMPATIA.

OUTROS TRÊS PASTORES ESTAVAM PREPARANDO SUAS REFEIÇÕES DENTRO DAS TENDAS.

"EI, PEREGRINOS! VENHAM COMER E DESCANSAR!"

HAVIA MUITA COMIDA DELICIOSA SOBRE A MESA. CRISTÃO E ESPERANÇA FICARAM SURPRESOS COM A FESTA PREPARADA PARA ELES.

ESPERANÇA QUERIA COMEÇAR LOGO A COMER, MAS CRISTÃO FEZ SINAL PARA QUE ELA ESPERASSE.

APRECIEM A COMIDA. NOSSOS NOMES SÃO CONHECIMENTO, EXPERIÊNCIA, VIGILÂNCIA E SINCERIDADE. O SENHOR DESSAS MONTANHAS NOS DEU ORDEM PARA RECEBER BEM OS VIAJANTES.

ENQUANTO COMIAM JUNTOS, CRISTÃO E ESPERANÇA COMPARTILHARAM COM ELES SUAS EXPERIÊNCIAS NA PEREGRINAÇÃO.

ELE OS LEVOU AO TOPO DA COLINA CHAMADA ERRO, CUJO LADO ERA UM PENHASCO.

NA MANHÃ SEGUINTE, O PASTOR CAMINHOU PELAS MONTANHAS COM CRISTÃO E ESPERANÇA. HAVIA BELEZA EM TODA PARTE.

ERRO

ELE PEDIU QUE OLHASSEM PARA BAIXO.

NO FUNDO, ELES VIRAM MUITOS HOMENS MORTOS POR TEREM CAÍDO DO PENHASCO.

OHHH!!

O QUÊ??

JÁ OUVIRAM FALAR DE HIMENEU E FILETO?

ELES DISSERAM NÃO HAVER RESSURREIÇÃO DO CORPO.

ENTÃO O PASTOR OS LEVOU AO TOPO DE OUTRA MONTANHA E PEDIU QUE OLHASSEM À DISTÂNCIA.

AS PESSOAS QUE VOCÊS VIRAM MORTAS NO FUNDO DO PENHASCO FORAM INDUZIDAS AO ERRO PELAS PALAVRAS DELES.

ELES VIRAM VÁRIAS PESSOAS CAMINHANDO ENTRE OS TÚMULOS QUE HAVIA POR ALI E PERCEBERAM QUE ELAS ERAM CEGAS PORQUE, ÀS VEZES, TROPEÇAVAM NOS TÚMULOS E NÃO CONSEGUIAM SE DESVIAR DELES.

POR QUE SÃO TODOS CEGOS?

VOCÊS VIRAM O PRADO PERTO DO CASTELO DA DÚVIDA?

ESSES HOMENS ERAM PEREGRINOS COMO VOCÊS. ELES DEIXARAM O CAMINHO CERTO, PASSARAM PELO PRADO E FORAM CAPTURADOS PELO GIGANTE DESESPERO.

GIGANTE DESESPERO...

O GIGANTE ARRANCOU-LHES OS OLHOS E OS JOGOU NO MEIO DOS TÚMULOS, ONDE VAGUEIAM ATÉ HOJE.

CRISTÃO E ESPERANÇA SE ENTREOLHARAM, SUANDO FRIO.

VOCÊS ESTÃO ASSUSTADOS. VOU LHES MOSTRAR ALGO AINDA MAIS TERRÍVEL.

O PASTOR OS LEVOU A OUTRO LUGAR ONDE HAVIA UMA PORTA AO LADO DE UMA COLINA.

PASTOR ABRIU A PORTA E PEDIU QUE OLHASSEM.

DENTRO ESTAVA ESCURO E CHEIO DE FUMAÇA. HAVIA TAMBÉM O RUÍDO DISTANTE DE FOGO E GRITOS DE PESSOAS EM TORMENTO. HAVIA NO AR UM CHEIRO DE ENXOFRE.

AQUI É A ENTRADA DO INFERNO.

QUEM VAI PARA LÁ?

HÁ MUITOS HIPÓ-CRITAS QUE LUCRAM COM A RELIGIÃO.

ELES SÃO AQUELES QUE TRAEM O MESTRE COMO JUDAS, QUE BLASFEMAM O EVAN-GELHO COMO ALEXANDRE E QUE MENTEM E FINGEM COMO ANANIAS E SUA ESPOSA, SAFIRA.

NÓS NÃO SEREMOS TÃO TOLOS.

ESPERANÇA, NÓS NÃO SOMOS MELHORES DO QUE ELES.

ELES ERAM PEREGRINOS COMO VOCÊS.

ATÉ ONDE ELES CHEGARAM?

CRISTÃO E ESPERANÇA OLHARAM ANSIOSOS PARA O CAMINHO À FRENTE DELES.

ALGUNS FORAM LONGE, OUTROS NÃO CHEGARAM NEM ATÉ AS MONTANHAS.

VOCÊS SÃO MAIS DO QUE VENCEDORES NAQUELE QUE OS FORTALECE.

O PASTOR OS LEVOU ATÉ A BEIRA DE UMA COLINA E PEDIU QUE OLHASSEM ATRAVÉS DA SUA LUNETA.

DEUS DÁ ABUNDANTE GRAÇA. NÃO PERCAM O ÂNIMO, NEM A ESPERANÇA.

MINHAS MÃOS ESTÃO TREMENDO, NÃO CONSIGO ENXERGAR NADA.

— ESTOU VENDO!

ELA VIU UM ARCO BRILHANTE, CERCADO DE GLÓRIA CELESTIAL!

QUANDO ESTAVAM PARA PARTIR, UM DOS PASTORES LHES DEU UM MAPA DO CAMINHO.

OUTRO PASTOR OS ADVERTIU PARA TOMAREM CUIDADO COM OS BAJULADORES.

LEMBREM-SE DE NÃO DORMIR NO CAMPO ENCANTADO.

OS DOIS PEREGRINOS DESCERAM A MONTANHA PELA ESTRADA NA DIREÇÃO DA CIDADE CELESTIAL.

VOCÊS VÃO PARA A CIDADE CELESTIAL?

LOGO ABAIXO DA MONTANHA ESTAVA A CIDADE DO ORGULHO. UM CAMINHO ESTREITO E CHEIO DE CURVAS VINHA DA CIDADE ATÉ A ESTRADA ONDE ESTAVAM OS DOIS PEREGRINOS. ALI ELES ENCONTRARAM UM JOVEM.

IGNORÂNCIA

VOCÊ É DAQUELA CIDADE?
SIM, EU NASCI NAQUELA CIDADE E AGORA VOU PARA A CIDADE CELESTIAL.
VOCÊ SABE QUE TEM QUE PASSAR PELO PORTÃO ESTREITO?
O PORTÃO ESTREITO É MUITO LONGE DAQUI E NÃO É FÁCIL CHEGAR LÁ.
EU ESCOLHI VIR PELO CAMINHO PERTO DAQUI PORQUE É UMA VIAGEM RÁPIDA E AGRADÁVEL.
MAS O QUE VOCÊ TERÁ PARA APRESENTAR NO PORTÃO, PARA QUE ELE SEJA ABERTO?
EU CONHEÇO A VONTADE DO MEU SENHOR. EU VIVI UMA BOA VIDA. EU PAGO TODAS AS MINHAS DÍVIDAS. EU ORO, JEJUO, DOU DÍZIMO E DOU OFERTAS; E EU RENUNCIEI À MINHA CIDADE NATAL PARA IR PARA LÁ.

MAS ESSAS COISAS NÃO PODEM SALVAR VOCÊ.

NÃO VEJO COMO VOCÊ PODE SER MAIS ADEQUADA PARA O REINO DO QUE EU!!

VAMOS AGUARDAR E CONVERSAR COM ELE QUANDO ESTIVER MAIS RECEPTIVO.

VAMOS DEIXÁ-LO PARA TRÁS E VOLTAR A FALAR QUANDO ELE ESTIVER PRONTO.

ELES CAMINHARAM MAIS UM POUCO E VIRAM UM HOMEM AMARRADO POR SETE ESPÍRITOS MALIGNOS COM SETE CORDAS.

TALVEZ ELE ESTEJA SENDO CARREGADO PARA O PORTÃO DO INFERNO.

ELE NÃO É UM PEREGRINO? POR QUE ESTÁ PRESO NAS MÃOS DOS DEMÔNIOS?

ESTE CAMINHO É DIFÍCIL DE TRILHAR. VOCÊ NÃO PODE CHEGAR AO FINAL SEM FÉ E GRAÇA. POR QUE VOCÊ NÃO TOMA O TEMPO NECESSÁRIO PARA IR ATÉ O PORTÃO ESTREITO? ENTÃO VOCÊ SABERÁ COMO FAZER A PEREGRINAÇÃO.

IGNORÂNCIA PAROU NO MEIO DO CAMINHO, SEM SABER SE DEVIA SEGUIR EM FRENTE OU VOLTAR.

CRISTÃO E ESPERANÇA ENTRARAM NUMA ESTRADINHA MUITO ESCURA.

ELES DESCOBRIRAM QUE A ESTRADINHA LEVAVA ATÉ UMA OUTRA, QUE POR SUA VEZ LEVAVA ATÉ A ESTRADA PRINCIPAL.

VAMOS ESCOLHER A ESTRADA PRINCIPAL, PARECE MAIS FÁCIL DE ANDAR.

ESTE CAMINHO LEVA AO PORTÃO LARGO.

ESPERANÇA ESTAVA ASSUSTADA COM A CENA DIANTE DELES. HAVIA OSSOS ESPALHADOS E UMA PLACA DIZIA: "ESTRADA DO HOMEM MORTO".

256

O NOME É ESTRADA DO HOMEM MORTO POR CAUSA DOS ASSASSINATOS QUE SÃO COMUNS ALI.

HAVIA UM PEREGRINO CHAMADO POUCA-FÉ. ELE SE SENTOU ALI E ADORMECEU.

TRÊS HOMENS AMEAÇARAM POUCA-FÉ COM FACAS E PAUS.

DESCONFIANÇA

COVARDIA

PASSE SEU DINHEIRO!!

CULPA

DESCONFIANÇA AGARROU POUCA-FÉ E, COM UM PUXÃO, ARRANCOU O SACO DE MOEDAS DE SEU BOLSO.

LADRÕES!! LADRÕES!!

CULPA ACERTOU POUCA-FÉ NA CABEÇA COM UM ENORME BASTÃO.

257

POUCA-FÉ CAIU DESMAIADO E SANGRANDO MUITO.

POR QUE VOCÊ O MATOU??

ELES OUVIRAM VOZES NO CAMINHO.

É GRANDE-GRAÇA, DA CIDADE DA BOA CONFIANÇA!

DEPOIS DE ALGUM TEMPO, POUCA-FÉ VOLTOU A SI E, COM MUITO ESFORÇO, CONSEGUIU LEVANTAR E SEGUIR SEU CAMINHO.

EMBORA TIVESSE SIDO ROUBADO, POUCA-FÉ NÃO PERDEU O CERTIFICADO QUE LHE GARANTIRIA A ENTRADA NA CIDADE CELESTIAL.

— NÃO SE GABE COMO SE NÓS PUDÉSSEMOS FAZER MELHOR QUANDO OUVIMOS QUE OUTROS FALHARAM.

— POR QUE POUCA-FÉ NÃO FOI MAIS CORAJOSO? ACHO QUE ELE PODERIA TER ENFRENTADO OS LADRÕES.

— ALGUNS SÃO FORTES, OUTROS SÃO FRACOS; ALGUNS TÊM MUITA FÉ, OUTROS TÊM POUCA. QUANDO NÓS LEVANTAMOS O ESCUDO DA FÉ E PEDIMOS A AJUDA DE DEUS, PODEMOS VENCER NOSSOS INIMIGOS.

— ESPERO QUE A NOSSA FÉ SEJA MAIOR QUE A DELE... EI!! POR QUE HÁ OUTRO CAMINHO?

ELES CHEGARAM A UM LUGAR ONDE OUTRO CAMINHO SE JUNTAVA AO DELES. ESTE CAMINHO PARECIA MAIS DIRETO.

É UM PRAZER ENCONTRÁ-LOS AQUI. SOU AMIGO DE EVANGELISTA E ELE ME PEDIU PARA AJUDÁ-LOS.

MUITO OBRIGADO!

ASSIM ELES O SEGUIRAM PELO NOVO CAMINHO QUE SE UNIU À ESTRADA.

EMBORA ESTE CAMINHO SEJA PEQUENO, ELE LEVA DIRETO À CIDADE CELESTIAL.

GRADUALMENTE O CAMINHO FOI FAZENDO UMA CURVA ATÉ QUE, EM UM MOMENTO, ELES ESTAVAM INDO NA DIREÇÃO OPOSTA À CIDADE CELESTIAL.

SÓ ENTÃO A VERDADEIRA IDENTIDADE DO HOMEM FOI REVELADA E ELES PERCEBERAM ONDE ESTAVAM.

HA HA HA!!!

ELES VIRAM QUE TINHAM SIDO LEVADOS A UMA FLORESTA.

JÁ ESTAVA ESCURECENDO, MAS OS DOIS AINDA NÃO TINHAM ENCONTRADO UMA SAÍDA.

O MALIGNO BAJULADOR DAVA GARGALHADAS. TUDO À VOLTA DELES MUDOU E ELES SE VIRAM PRESOS DENTRO DE UM EMARANHADO DE ESPINHOS.

O PASTOR NOS DEU UM MAPA DO CAMINHO, MAS NÓS NOS ESQUECEMOS DE EXAMINÁ-LO.

OS DOIS SE SENTARAM CABISBAIXOS.

FINALMENTE VIRAM UM SER BRILHANTE SE APROXIMAR DELES, COM UM CHICOTE FEITO DE PEQUENAS CORDAS.

ESTE ANJO VEIO NOS SALVAR OU É O MAL DISFARÇADO COMO ANJO DE LUZ??

O ANJO LEVANTOU SEU CHICOTE.

A REDE DE ESPINHOS FOI QUEBRADA.

EXAMINEM O MAPA E ASSIM SABERÃO QUE ESTOU CONDUZINDO VOCÊS NA DIREÇÃO CERTA.

ELES SEGUIRAM A LUZ GLORIOSA DO ANJO ATRAVÉS DA NOITE.

QUANDO AMANHECEU, OS DOIS ESTAVAM DE VOLTA AO CAMINHO QUE TINHAM ABANDONADO.

OBRIGADO!!

CONTINUEM FIÉIS E VERDADEIROS. FAÇAM A OBRA DO SENHOR ENQUANTO É DIA!

NÓS NÃO PODEMOS MAIS PERDER TEMPO!

HA HA HA!!

ATEU

POR QUE VOCÊ ESTÁ RINDO?

DOU RISADA POR VER COMO VOCÊS SÃO IGNORANTES POR SE OBRIGAREM A FAZER UMA JORNADA TÃO EXAUSTIVA.

265

VOCÊ VEIO DA CIDADE CELESTIAL?

ESTE LUGAR COM O QUAL VOCÊS SONHAM NÃO EXISTE!

NÃO!! MUITOS PEREGRINOS TESTEMUNHARAM QUE A CIDADE CELESTIAL ESTÁ À NOSSA FRENTE.

CERTA VEZ, EU ACREDITEI NISSO E VIAJEI ATÉ AQUI EM BUSCA DESSE LUGAR. EU JOGUEI FORA TUDO O QUE TINHA PARA PROCURAR ALGO QUE NÃO EXISTE.

VOCÊ NÃO ACREDITA QUE ELA ESTÁ ADIANTE DE NÓS?

ATEU SACUDIU A CABEÇA E SEGUIU SEU CAMINHO.

— VOCÊ CHEGOU ATÉ AQUI! POR QUE NÃO CONTINUA PROCURANDO?

— EU PROCUREI ESSA CIDADE DURANTE VINTE ANOS. AGORA VOU RETORNAR E TENTAR RECUPERAR AS COISAS QUE JOGUEI FORA.

— SERÁ QUE É VERDADE O QUE ELE DISSE?

— PRESTE ATENÇÃO. ELE É UM DOS BAJULADORES! NÓS NÃO VIMOS O PORTÃO DA CIDADE CELESTIAL DAS MONTANHAS DELEITOSAS?

267

EMBORA EU NÃO TENHA VISTO A CIDADE, CREIO QUE ELA EXISTE E QUE MONTE SIÃO ESTÁ PERTO. EU CREIO PORQUE EXPERIMENTEI MUITO DA GRAÇA DE DEUS NO CAMINHO PARA SIÃO.

VOCÊ ENCORAJA A MINHA FÉ!!

AGORA EU ME ALEGRO NA ESPERANÇA DA GLÓRIA DO SENHOR!

10 Chegada a Monte Sião

UAU!!!

CRISTÃO E ESPERANÇA CHEGARAM A UM VALE E VIRAM VÁRIOS PEREGRINOS DORMINDO NO CHÃO.

ACORDEM! POR QUE ESTÃO DORMINDO AQUI?

O HOMEM ABRIU OS OLHOS, MAS ADORMECEU NOVAMENTE.

CRISTÃO PERCEBEU QUE ESPERANÇA ESTAVA FICANDO SONOLENTA.

AQUI É O CAMPO ENCANTADO!!

271

ESPERANÇA, NÃO DURMA OU VOCÊ JAMAIS ACORDARÁ NOVAMENTE!
ESPERANÇA CAIU EM SONO PROFUNDO.
ESPERANÇA SONHOU QUE ELA E CRISTÃO ENTRAVAM NA CIDADE CELESTIAL.
SPLASHH!!

CRISTÃO JOGOU ÁGUA EM ESPERANÇA.

OH! EU TINHA ACABADO DE PASSAR PELO PORTÃO!!

VOCÊ QUER VIVER EM SEUS SONHOS PARA SEMPRE?

ERA SÓ UM SONHO...

VOCÊ LEMBRA QUE UM DOS PASTORES DISSE PARA TOMARMOS CUIDADO COM O CAMPO ENCANTADO?

O SONHO ESTAVA TÃO BOM! SE DEPENDESSE DE MIM, JAMAIS TERIA ACORDADO.

ENQUANTO CAMINHAVAM, VIRAM MUITOS PEREGRINOS DORMINDO.

QUE LUGAR TERRÍVEL!!

273

— A NOSSA NATUREZA PREFERE OS SONHOS AO INVÉS DE ENFRENTAR O MUNDO REAL.

— É PORQUE A NOSSA VIDA É MUITO DIFÍCIL.

— NÓS SEMPRE SOMOS SIMPÁTICOS COM NOSSAS FRAQUEZAS. EU TEMO NÃO CONSEGUIR CHEGAR AO PORTÃO.

— MAS O SENHOR DISSE QUE A GRAÇA DELE É SUFICIENTE PARA VOCÊ!

— POR QUE ÀS VEZES VOCÊ É TÃO CHEIA DE ESPERANÇA?

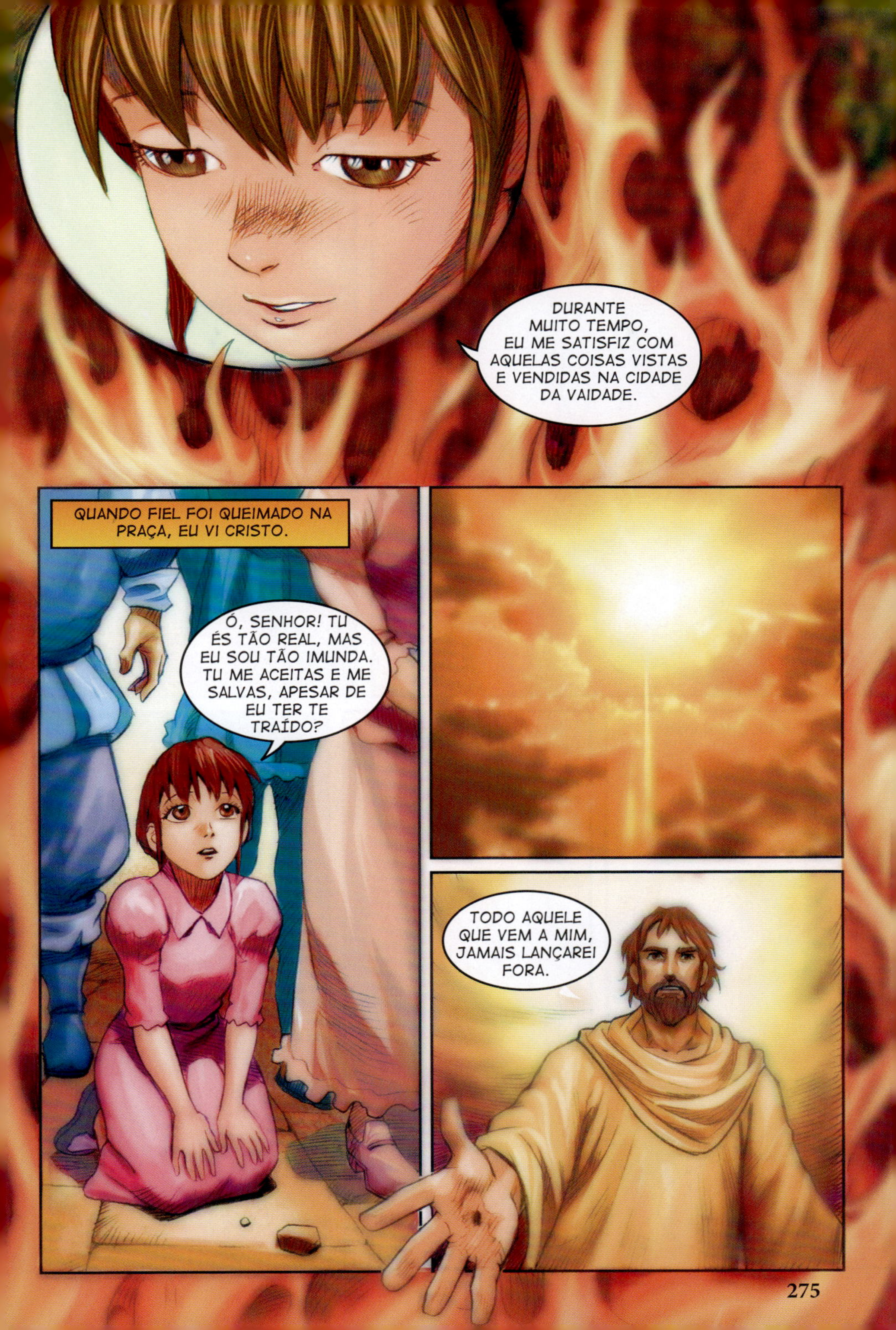
DURANTE MUITO TEMPO, EU ME SATISFIZ COM AQUELAS COISAS VISTAS E VENDIDAS NA CIDADE DA VAIDADE.
QUANDO FIEL FOI QUEIMADO NA PRAÇA, EU VI CRISTO.
Ó, SENHOR! TU ÉS TÃO REAL, MAS EU SOU TÃO IMUNDA. TU ME ACEITAS E ME SALVAS, APESAR DE EU TER TE TRAÍDO?
TODO AQUELE QUE VEM A MIM, JAMAIS LANÇAREI FORA.

ESPERANÇA VIU CRISTO OLHAR PARA ELA DO CÉU E ESTENDER A MÃO EM SUA DIREÇÃO.

ELA SENTIU QUE FOI PURIFICADA.

ELA AJOELHOU, CHORANDO E CHEIA DE PAZ.

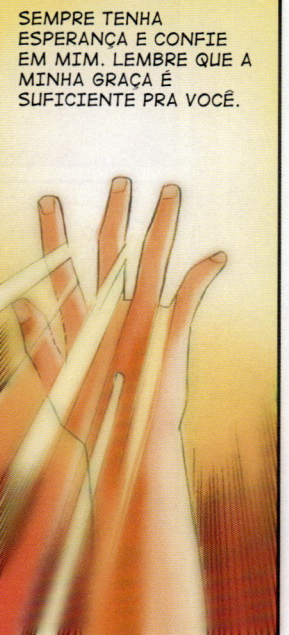

SEMPRE TENHA ESPERANÇA E CONFIE EM MIM. LEMBRE QUE A MINHA GRAÇA É SUFICIENTE PRA VOCÊ.

Ó SENHOR, EU CREIO EM TI, MAS ME FALTA FÉ.

ELES AINDA CAMINHAVAM PELO CAMPO ENCANTADO.

E, ASSIM, VOCÊ SE CHAMA ESPERANÇA!

GRAÇAS A DEUS. ELE ME DÁ ESPERANÇA POR CAUSA DA SUA GRAÇA. EU SINTO QUE TENHO UM PODER INDESCRITÍVEL EM MEU CORAÇÃO.

COMPARADO COM VOCÊ, EU SOU MUITO INFERIOR!

POR QUE VOCÊ SE COMPARA? TUDO É A GRAÇA DE DEUS!

VOCÊ SEMPRE OLHA PARA FRENTE COM ESPERANÇA.

DEPOIS QUE DEIXARAM O CAMPO ENCANTADO, ELES VIRAM UM GRUPO DE MULHERES COM SORRISOS BRILHANTES LOGO ADIANTE. TAMBÉM OUVIRAM PÁSSAROS CANTANDO.

O SOL É MUITO BRILHANTE AQUI E O AR É DOCE E AGRADÁVEL.

TODAS AS MULHERES ESTAVAM LINDAMENTE TRAJADAS, COMO NOIVAS ADORNADAS PARA O NOIVO. HAVIA TAMBÉM ANJOS RELUZENTES CAMINHANDO NO MEIO DAS PESSOAS.

NÓS ENCONTRAMOS!

NÃO É DE ESTRANHAR QUE TODAS AS MULHERES SE VESTIRAM COMO NOIVAS ADORNADAS PARA O NOIVO, O SENHOR.

NÓS ENTRAMOS NA TERRA DE BEULÁ.

279

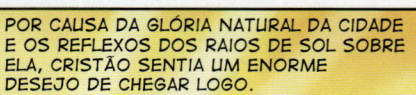

ELES SE REGOZIJARAM AO ENTRAR NESTA TERRA, SABENDO QUE A CIDADE CELESTIAL ESTAVA BEM PERTO.

A CIDADE ERA CONSTRUÍDA COM PÉROLAS E PEDRAS PRECIOSAS E SUAS RUAS ERAM PAVIMENTADAS COM OURO.

POR CAUSA DA GLÓRIA NATURAL DA CIDADE E OS REFLEXOS DOS RAIOS DE SOL SOBRE ELA, CRISTÃO SENTIA UM ENORME DESEJO DE CHEGAR LOGO.

A CIDADE É MAIS LINDA DO QUE AS NOIVAS! QUERO CHEGAR LOGO LÁ!!

DE REPENTE, CRISTÃO DESMAIOU.

ESPERANÇA LHE DEU UM CACHO DE UVAS MUITO DOCES.

COMA ALGUMA COISA E SE FORTALEÇA!

QUANDO DESPERTOU, CRISTÃO VIU QUE ESTAVA EM UM JARDIM.

CRISTÃO, VOCÊ SE SENTE MELHOR?

UM HOMEM E UMA MULHER, CUJAS ROUPAS BRILHAVAM COMO OURO, OFERECERAM-LHE UMA BEBIDA.

ESTAR TÃO PRÓXIMO DA CIDADE ESTÁ ME DEIXANDO TONTO.

— VOCÊ TERÁ DE ENFRENTAR MAIS UMA DIFICULDADE ANTES DE CHEGAR À CIDADE.

— QUEM É VOCÊ?

— ELES O TROUXERAM AO JARDIM DO SENHOR PARA DESCANSAR.

— ÓTIMO!! ESTOU DISPOSTO A ENFRENTAR QUALQUER DIFICULDADE PARA ENTRAR PELO PORTÃO. VOCÊS VÃO CONOSCO?

— NÓS TEMOS QUE FICAR AQUI.

— VOCÊ TEM QUE ENTRAR PELO PORTÃO PELA SUA FÉ.

— TEREMOS QUE ATRAVESSAR O RIO ATÉ O PORTÃO?

— VEJA!

— SIM! DESDE A FUNDAÇÃO DO MUNDO, SOMENTE DOIS HOMENS, ENOQUE E ELIAS, TIVERAM PERMISSÃO DE USAR OUTRO CAMINHO.

HAVIA UM RIO ENTRE ELES E O PORTÃO. MAS NÃO HAVIA NENHUMA PONTE PARA ATRAVESSAR, E O RIO ERA MUITO PROFUNDO. AO VEREM O RIO, CRISTÃO E ESPERANÇA FICARAM ESPANTADOS.

ENTÃO O HOMEM E A MULHER CAMINHARAM SOBRE A ÁGUA DO RIO COMO SE ESTIVESSEM EM TERRA FIRME.

CRISTÃO PULOU NA ÁGUA E LOGO COMEÇOU A AFUNDAR.

283

OHHHHH!!

O HOMEM E A MULHER AJUDARAM-NO A SAIR DA ÁGUA.

ONDE VOCÊS ESTAVAM PISANDO? POR QUE NÃO AFUNDARAM?

ISTO É FÉ!!

VOCÊS VÃO ACHAR O RIO MAIS FUNDO OU MAIS RASO DE ACORDO COM A SUA FÉ NO SENHOR.

ELES OLHARAM PARA A CORRENTEZA DO RIO E A CIDADE DE SIÃO PARECEU MUITO DISTANTE.

ESPERANÇA SE ENCAMINHOU PARA O RIO COM FIRME RESOLUÇÃO.

ELA COMEÇOU A AFUNDAR.

ESPERANÇA AFUNDOU ATÉ OS OMBROS E DE REPENTE PAROU DE AFUNDAR.

ELA ACENOU PARA CRISTÃO CHAMANDO-O PARA A ÁGUA.

NÃO!!!

TENHA FÉ!!

CRISTÃO ESTAVA PREOCUPADO. ELE SEGURAVA FIRME NAS PEDRAS DA BEIRA DO RIO.

ELE SE DEBATEU NA ÁGUA, CERCADO POR TODOS OS PECADOS QUE COMETEU NO PASSADO, E FOI ARRASTADO PARA O FUNDO DO RIO.

PARECIA QUE A CIDADE DE SIÃO TINHA AFUNDADO NA ÁGUA. TUDO ESTAVA ESCURO.

CORDAS DE MORTE ME PRENDEM. EU NÃO VEREI A TERRA QUE MANA LEITE E MEL!

ESPERANÇA LUTOU BRAVAMENTE PARA MANTER A CABEÇA DO SEU IRMÃO FORA DA ÁGUA.

ALGUMAS PESSOAS, CUJAS ROUPAS BRILHAVAM COMO OURO, AGUARDAVAM NO PORTÃO DA CIDADE.

É VOCÊ, ESPERANÇA, QUE ELES ESTÃO ESPERANDO. VOCÊ É PURA DE CORAÇÃO E CHEIA DE ESPERANÇA. MAS EU TENHO TANTOS PENSAMENTOS OBSCUROS NO MEU CORAÇÃO QUE VOCÊ NÃO SABE.

VOCÊ CONSEGUE VER? HÁ MUITAS PESSOAS NOS ESPERANDO.

VÁ VOCÊ! DEUS ME ABANDONOU! NÃO CONSEGUIREI PASSAR!

CRISTÃO SE JOGOU NOVAMENTE NA ÁGUA E FOI ARRASTADO PARA LONGE.
ALEGRE-SE! CRISTO MORREU NA CRUZ POR VOCÊ E RESSUSCITOU DOS MORTOS! VOCÊ ENTENDE?
UMA MÃO TRANSPASSADA FOI ESTENDIDA NA DIREÇÃO DELE.
CRISTÃO ESTENDEU SUA MÃO PARA ELE.
SALVADOR!!

"QUANDO VOCÊ PASSAR PELAS ÁGUAS, EU ESTAREI COM VOCÊ. QUANDO VOCÊ PASSAR PELOS RIOS, ELES NÃO O SUBMERGIRÃO."

OS DOIS CRIARAM CORAGEM. O RESTO DO CAMINHO ERA RASO E ELES FORAM EM FRENTE.

"AGORA PODEMOS VER ESSA LINDA CIDADE COM NOSSOS PRÓPRIOS OLHOS!"

ELES CAMINHARAM NAS ÁGUAS RASAS DO RIO EM DIREÇÃO À LINDA CIDADE. MUITA GENTE AGUARDAVA POR ELES NA MARGEM DO RIO. OS ANJOS ACENAVAM PARA ELES.

OS ANJOS AJUDARAM OS DOIS PEREGRINOS A SAIR DO RIO.

NÓS SOMOS ESPÍRITOS MINISTRADORES ENVIADOS PARA SERVIR ÀQUELES QUE HERDAM A SALVAÇÃO.

ASSIM QUE SAÍRAM DA ÁGUA, SUAS ROUPAS SE TORNARAM VESTES RESPLANDECENTES.

ELES FORAM CONDUZIDOS ATÉ A COLINA PELOS ANJOS E VOARAM COM ALEGRIA ATÉ O PORTÃO.

E VIRAM QUE A CIDADE ERA CONSTRUÍDA ACIMA DAS NUVENS.

NÓS NÃO VEREMOS ALI TRISTEZA, DOENÇA, AFLIÇÃO OU MORTE, PORQUE AS COISAS VELHAS JÁ PASSARAM.

AQUI É MONTE SIÃO, A JERUSALÉM CELESTIAL!

BEM-AVENTURADOS SÃO AQUELES QUE FORAM CONVIDADOS PARA AS BODAS DO CORDEIRO.

VÁRIOS TROMBETEIROS DO SENHOR, COM ROUPAS RESPLANDECENTES, TAMBÉM SAÍRAM PRA SAUDÁ-LOS. ELES ANUNCIARAM SUA CHEGADA COM UMA BELA MÚSICA, QUE FEZ O CÉU TINIR. HAVIA MUITAS EXCLAMAÇÕES DE BOAS-VINDAS E MUITA CELEBRAÇÃO.

OS DOIS FORAM TOTALMENTE CERCADOS PELA FELIZ MULTIDÃO. TODOS CANTAVAM E LOUVAVAM EM PERFEITA HARMONIA. PARA QUEM OLHAVA, PARECIA QUE O PRÓPRIO CÉU TINHA DESCIDO PARA RECEBÊ-LOS.

CRISTÃO E ESPERANÇA CAMINHAVAM LADO A LADO E, ENQUANTO PROSSEGUIAM, AS TROMBETAS SOAVAM, COMO PARA MOSTRAR AOS DOIS O QUANTO SUA CHEGADA FOI AGUARDADA E COMO ESTAVAM FELIZES POR ESTAREM ALI. PARA OS DOIS PEREGRINOS, ERA COMO SE ESTIVESSEM ENTRANDO NO CÉU ANTES DE ENTRAR.

AGORA TODA A CIDADE ESTAVA À VISTA E TODOS OS SINOS TOCAVAM PARA RECEBÊ-LOS.

OS DOIS ENTREGARAM OS DOCUMENTOS QUE TINHAM GUARDADO COM TANTO CUIDADO AO LONGO DE TODO O CAMINHO.

FINALMENTE CHEGARAM AO PORTÃO. EM CIMA HAVIA A SEGUINTE INSCRIÇÃO: "FELIZES AQUELES QUE LAVAM SUAS VESTES, QUE TÊM DIREITO À ÁRVORE DA VIDA E QUE ENTRAM NA CIDADE PELOS PORTÕES."

ELES OUVIRAM O SENHOR DIZER: "A NAÇÃO JUSTA ENTRA. A NAÇÃO QUE MANTÉM A FÉ".

QUANDO OS PORTÕES SE ABRIRAM PARA DEIXÁ-LOS ENTRAR, ELES VIRAM A CIDADE BRILHANDO COMO O SOL. AS RUAS ERAM PAVIMENTADAS COM OURO E POR ELAS CAMINHAVAM MUITAS PESSOAS COM COROA NA CABEÇA, PALMAS NAS MÃOS E HARPAS DOURADAS COM AS QUAIS TOCAVAM LOUVORES. HAVIA TAMBÉM AQUELES QUE TINHAM ASAS E QUE DIZIAM UNS AOS OUTROS, SEM CESSAR: "SANTO, SANTO, SANTO É O SENHOR TODO-PODEROSO!"

CRISTÃO E ESPERANÇA ESTAVAM MARAVILHADOS COM A GLÓRIA DO CÉU. ELES TINHAM TERMINADO A CARREIRA E COMBATIDO O BOM COMBATE.

OS DOIS TAMBÉM RECEBERAM HARPAS E COROAS: AS HARPAS PARA LOUVAR E AS COROAS ERAM O SÍMBOLO DA HONRA.

TODOS OS SINOS DA CIDADE TOCAVAM ALEGREMENTE E FOI DITO A ELES: "VENHAM E DESFRUTEM DO GOZO DO SEU SENHOR". CRISTÃO E ESPERANÇA CANTAVAM EM VOZ ALTA: "AO QUE SE ASSENTA NO TRONO, E AO CORDEIRO SEJA O LOUVOR, A HONRA E A GLÓRIA PARA SEMPRE E SEMPRE!"

Fim.

Depois de muitos

desafios e dificuldades,

Cristão e Esperança

completaram sua maravilhosa peregrinação

e entraram no reino eterno

para desfrutar das bênçãos eternas.

Os portões da Cidade Celestial foram novamente fechados.

EU ME VIREI PARA OLHAR

E VI IGNORÂNCIA SUBINDO PELA BEIRA DO RIO.

UM HOMEM CHAMADO VÃ-ESPERANÇA, UM BARQUEIRO,

AJUDOU IGNORÂNCIA A ATRAVESSAR O RIO EM SEU BARCO.

QUANDO CHEGOU AO PORTÃO, ELE OLHOU PARA CIMA,

PARA A INSCRIÇÃO, E ENTÃO COMEÇOU A BATER.

O HOMEM QUE OLHAVA POR CIMA DO PORTÃO LHE PERGUNTOU:

"DE ONDE VOCÊ VEM? O QUE VOCÊ QUER?".

IGNORÂNCIA RESPONDEU: "EU COMI E BEBI NA PRESENÇA DO

REI E ELE ENSINOU NAS NOSSAS RUAS".

"VOCÊ TEM O CERTIFICADO?"

IGNORÂNCIA VASCULHOU SEUS BOLSOS, MAS NÃO ENCONTROU NADA.

QUANDO CONTARAM AO REI, ELE NÃO DESCEU

PARA VER IGNORÂNCIA, MAS ORDENOU

QUE O AGARRASSEM E O EXPULSASSEM DALI.

ENTÃO, AGARRARAM IGNORÂNCIA E O LEVARAM

PARA A PORTA AO LADO DA COLINA.

EU VI QUE HAVIA UM CAMINHO PARA O INFERNO,

MESMO DOS PORTÕES DO CÉU E DA CIDADE DA DESTRUIÇÃO.

ENTÃO EU ACORDEI...

SIM, ERA APENAS UM SONHO...

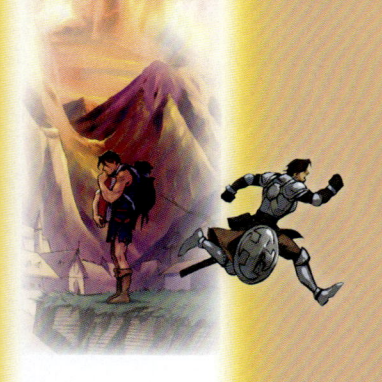

Conclusão

Agora, caro Leitor, eu já contei o meu sonho para ti; veja se tu podes interpretá-lo para mim, ou para ti mesmo, ou ao teu próximo, mas toma cuidado com a interpretação errônea; para que, ao invés de fazer o bem, o mal não prevaleça.

Acautela-te, também, a fim de que tu não sejas radical para jogar fora o meu sonho: não permitas que a minha figura ou semelhança venha a colocar-te em risos ou disputas; deixa isso para os meninos e tolos. Mas, quanto a ti, faças tu com que vejam a essência do meu tema.

Revele-a pelas cortinas, agarre-a pelo meu véu, aumente minhas metáforas, e não falhe; lá, se tu as procurar, essas coisas descobrirás, e serão úteis para uma mente honesta. O que é o meu ouro, se envolto por minérios? Ninguém descarta uma maçã a partir do seu núcleo. Mas se tu não tomares tudo como vão, eu não sei como será, mas 'me fará sonhar de novo'.

DEVOCIONAL

O Peregrino

DEVOCIONAL DO
PEREGRINO MANGÁ

"Aquele que não corre para Deus pela manhã, dificilmente vai encontrá-lo no resto do dia", John Bunyan, autor de Peregrino.

Todos os leitores que têm a oportunidade de concluir o livro "O Peregrino" nas suas mais variadas versões – especialmente a incrível versão em Mangá – certamente são profundamente tocados por esta obra com mais de 300 anos de idade. Charles Spurgeon fez a seguinte afirmação, que continua ecoando por gerações:

"Próximo da Bíblia, este é o livro que mais valorizo. Acredito que já o li centenas de vezes. O segredo do seu frescor é ter sido elaborado profundamente a partir das Escrituras. É realmente um ensino bíblico colocado na forma de uma alegoria simples, mas muito marcante", Charles Spurgeon.

O Peregrino é a história de um homem que tenta encontrar o seu caminho para o céu. Escrito por John Bunyan, provavelmente, nos primeiros meses de 1676, quando ele estava na prisão da cidade de Bedford, Inglaterra, o livro representa a vida cristã como uma jornada, uma busca pela salvação. Relevante por centenas de anos e incontáveis milhões de leitores ao redor do mundo, O Peregrino é uma obra-prima criativa, que compartilha como receber o dom gratuito da vida eterna e amadurecer em sua caminhada com Cristo.

Bunyan usa várias figuras de linguagem e disse: *"Nós não desprezamos as parábolas, não é? Se o fizéssemos, poderíamos privar nossa própria alma das coisas que são boas para nós. A verdade, mesmo quando apresentado em linguagem alegórica, informa o julgamento, purifica a mente, agrada a compreensão, e faz a vontade humana mais submissa"*. Sua alegação era de que a verdade de Deus, independentemente da forma como nos foi entregue, não iria abafar a verdade; ao contrário, ela iria fazê-la "tão brilhante como a luz do dia".

Essas figuras de linguagem, chamadas de alegorias, são uma poderosa ferramenta, mesmo quando o significado mais profundo é ignorado. Beleza e excelência artística têm a capacidade de tocar o espírito humano para além das explicações ou pensamento racional. Como um veículo, a história em si tem peso moral e, pela operação do Espírito Santo, pode ser usada para trazer transformação interna e externa. Bunyan usou vários recursos - metáforas, tipos, sombras e parábolas - para transmitir a Palavra de Deus.

Portanto, para facilitar a compreensão de forma bem básica, elaboramos este *"Devocional do Peregrino"*, que são 7 devocionais para auxiliá-lo a embarcar nesta jornada cheia de aventura, dragões, gigantes, leões, castelos e tribunais, fiéis amigos e inimigos diabólicos, juntamente com batalhas ferozes e descanso tranquilo.

Devocional 1
O Peso do Pecado

Baseado no Capítulo 1 – Fuga da Cidade da Destruição

Logo nas primeiras páginas, nós vemos um homem lendo a Bíblia com um fardo às costas. Este é Cristão, o protagonista que realmente não começa sua jornada até algumas páginas adiante, quando:

1) Lê a Palavra de Deus – Deus e Sua Palavra nos ensinam o nosso verdadeiro estado;
2) Reconhece o peso do seu pecado – sabendo que a "recompensa" do pecado é a miséria e a própria morte.

Aplicação devocional

Quando lemos a Bíblia, ela nos revela o nosso pecado. Ela também nos diz que o castigo pelo pecado é a morte. Mas há esperança para Cristão e para nós, porque Jesus já fez a viagem mais perigosa, através da morte na cruz, para tirar o fardo do pecado de Seus filhos.

Versículos chave

"Pois todos pecaram e estão destituídos da glória de Deus, sendo justificados gratuitamente por sua graça, por meio da redenção que há em Cristo Jesus". (Romanos 3.23)

"O temor do Senhor é o princípio do conhecimento, mas os insensatos desprezam a sabedoria e a disciplina". (Provérbios 1.7)

"Porque o salário do pecado é a morte". (Romanos 6.23a)

Síntese

- A Palavra de Deus, a Bíblia, convence as pessoas do seu pecado.
- A Palavra de Deus é a luz que mostra para os pecadores a porta estreita, que é Jesus Cristo, o Salvador.
- Quando confessamos os nossos pecados e confiamos em Jesus, ele nos perdoa e nos dá a vida que dura para sempre.

Devocional 2
Menos fardo, mais céu

Baseado no Capítulo 2 – Entrando nos Portões e no
Capítulo 3 – Venha para a Casa do Intérprete

Quando Cristão chega ao Portão, ele é ensinado pelo Intérprete (figura alegórica para o Espírito Santo) sobre diversas lições espirituais, deixando a sua carga na Cruz. Ele também começa a sua jornada de novo, desta vez sem o peso do pecado. Por meio de Cristo, ele ganha tanto a liberdade do fardo do pecado, quanto também a promessa da sua cidadania na Cidade Celestial.

Aplicação devocional
Em Cristo, encontramos o perdão para os nossos pecados, mas a justificação é apenas o começo da nossa jornada com Jesus. Através do poder da cruz, também recebemos uma nova esperança e um novo destino. Embora falemos mais sobre nosso destino final, a Cidade Celestial, é importante reconhecer que podemos nos alegrar com a grande salvação que Deus realizou para Seu povo. Mesmo enquanto passamos pelo processo de santificação, pessoas imperfeitas como nós podem desfrutar de uma jornada eterna e gloriosa!

Versículos chave
"Venham a mim, todos os que estão cansados e sobrecarregados, e eu lhes darei descanso". (Mateus 11.28)

"Quando vocês estavam mortos em pecados e na incircuncisão da sua carne, Deus os vivificou com Cristo. Ele nos perdoou todas as transgressões, e cancelou a escrita de dívida, que consistia em ordenanças, e que nos era contrária. Ele a removeu, pregando-a na cruz".
(Colossenses 2.13-14)

"Mas o dom gratuito de Deus é a vida eterna em Cristo Jesus, nosso Senhor." (Romanos 6.23b)

Síntese
- O Espírito Santo nos prepara para seguirmos Jesus.
- O Espírito Santo orienta, adverte e conforta os cristãos.
- Jesus morreu na cruz para nos livrar do peso do nosso pecado e nos reconciliar com Deus.
- Jesus sempre nos enviará ajuda, por meio de pais e amigos cristãos, pastores e líderes que nos ensinam a Palavra de Deus.
- Devemos odiar o que o mundo nos diz sobre como chegar ao céu, e voltarmos para Cristo.

Devocional 3
Leões acorrentados

Baseado no Capítulo 4 – Escalada da Colina da Dificuldade

A Salvação é o começo da batalha. Cristão se viu livre de sua carga, mas de repente, estranhos aparecem para julgá-lo. Cristo isenta do pecado, mas não da tristeza e dos desafios. Assim, no ponto alto do perigoso capítulo 4, quando Cristão é confrontado com os leões à frente do Palácio, ele aprende com o Vigilante: "Não tenha medo dos leões, eles estão acorrentados e não podem chegar até você!"

Aplicação devocional

Cristão rapidamente aprendeu que sua viagem tornou-se repleta de novos perigos, por isso nós também devemos estar conscientes de que a vida cristã é uma jornada perigosa. O próprio Cristo nos adverte: *"Se alguém quer vir após mim, negue-se a si mesmo, tome a sua cruz e siga-me".* Cristão encontrou os leões que ameaçavam devorá-lo acorrentados – e isso nos ensina que podemos descansar na providência de Deus para as nossas vidas. Nós nunca vamos sofrer mais do que podemos suportar, ou sem qualquer propósito. *"E sabemos que todas as coisas cooperam para o bem daqueles que amam a Deus, daqueles que são chamados segundo o seu propósito"* (Rm 8.28)

1) Você já se sentiu como Cristão, querendo seguir a Deus, mas achou que o Seu caminho era muito difícil?
2) O que Deus nos diz sobre as nossas dificuldades?

Versículos chave

"O SENHOR é a minha luz e a minha salvação; de quem terei temor? O SENHOR é o meu forte refúgio; de quem terei medo?" (Salmo 27.1-2)

"Se alguém quer vir após mim, negue-se a si mesmo, tome a sua cruz e siga-me. Pois quem quiser salvar a sua vida a perderá, mas quem perder a sua vida por minha causa, esse a salvará". (Lucas 9.23-24)

"Não se vendem dois pardais por uma moedinha? Contudo, nenhum deles cai no chão sem o consentimento do Pai de vocês. Até os cabelos da cabeça de vocês estão todos contados. Portanto, não tenham medo; vocês valem mais do que muitos pardais!" (Mateus 10.29-31)

Síntese

- Na vida cristã, por vezes, surgem diversas dificuldades, mas Jesus nos dá a sua armadura e Palavra para enfrentarmos quaisquer problemas no caminho.
- Muitas pessoas estarão em nossa trajetória, mas não são peregrinos reais e tentarão nos afastar de Cristo.
- Deus coloca em nossa vida outros cristãos para nos ensinar a Palavra de Deus e nos preparar para amá-lo e servi-lo.

Devocional 4
A Armadura de Deus

Baseado no Capítulo 5 – A Batalha no Vale

No final do capítulo anterior, Cristão é equipado por seus amigos para a batalha, incluindo o capacete, couraça, escudo e espada. Não muito tempo depois, ele é avistado pelo imponente Apolion, que está determinado a subjugá-lo ou matá-lo. Na batalha, no entanto, Cristão consegue ferir mortalmente Apolion, que bate em retirada.

Aplicação devocional

Nós já verificamos que Cristão foi "desarmado" de seus próprios medos, bem como das tentações do mundo. Mas aqui ele se depara com uma guerra espiritual muito real, que acontece à nossa volta todos os dias. Para sermos capazes de suportar os "Apolions" deste mundo, devemos nos preparar da mesma maneira para esta guerra. Assim como Paulo nos ensina, precisamos nos revestir com a armadura de Deus.

Versículos chave

"Finalmente, fortaleçam-se no Senhor e no seu forte poder. Vistam toda a armadura de Deus, para poderem ficar firmes contra as ciladas do Diabo, pois a nossa luta não é contra seres humanos, mas contra os poderes e autoridades, contra os dominadores deste mundo de trevas, contra as forças espirituais do mal nas regiões celestiais. Por isso, vistam toda a armadura de Deus, para que possam resistir no dia mau e permanecer inabaláveis, depois de terem feito tudo. Assim, mantenham-se firmes, cingindo-se com o cinto da verdade, vestindo a couraça da justiça e tendo os pés calçados com a prontidão do evangelho da paz. Além disso, usem o escudo da fé, com o qual vocês poderão apagar todas as setas inflamadas do Maligno. Usem o capacete da salvação e a espada do Espírito, que é a palavra de Deus. Orem no Espírito em todas as ocasiões, com toda oração e súplica; tendo isso em mente, estejam atentos e perseverem na oração por todos os santos". (Efésios 6.10-18)

Síntese

- Satanás ataca o povo de Deus, acusando-o e tentando-o.
- Jesus prepara o seu povo para a batalha, por meio da sua Palavra e da oração.
- Não temos que ter medo da morte, porque Deus está sempre conosco.

Devocional 5
Fiel até o fim

Baseado no Capítulo 7 – Sofrimento na Cidade da Vaidade

A maioria das feiras livres são lugares alegres, mas não para os nossos viajantes. Após encontrar outro Peregrino, chamado Fiel, eles partem juntos rumo à Cidade Celestial – e se deparam no caminho com a Cidade da Vaidade. Um lugar de diversão e beleza, mas que se revelaria como um verdadeiro desfile de mentiras, assassinato e presunção. Cristão e Fiel não passam despercebidos pelos inescrupulosos habitantes daquele lugar e enfrentam a prisão, julgamento e até mesmo a morte de Fiel. A cidade da Vaidade vive em rebelião contra Deus, literalmente correndo atrás do vento. No entanto, em meio a tantas provações, Deus ainda se mostra fiel. E, neste capítulo, percebemos como experimentar dessa fidelidade, mesmo através da morte. Deus também é fiel a Cristão, providenciando a sua fuga da prisão e também uma nova amiga, Esperança, que o auxilia a prosseguir em sua Jornada.

Aplicação devocional
Apesar de nós não enfrentarmos a morte física iminente por amor a Cristo, devemos nos lembrar que mais de 100 mil cristãos são mortos todos os anos por perseguição religiosa ao redor do mundo. Além disso, todos nós podemos enfrentar as tentações e perseguições deste mundo. A "Cidade da Vaidade" com certeza é um destino pelo qual todos passaremos. Se quisermos permanecer fiéis a Cristo diante de tais tentações, devemos buscar a Sua ajuda e depender d'Ele. Pois só Ele é a fonte de toda a beleza e glória, e Ele é eternamente fiel a Seus filhos.

Versículos chave
"Quando a sua lâmpada brilhava sobre a minha cabeça e por sua luz eu caminhava em meio às trevas!" (Jó 29.3)

"Busquem, pois, em primeiro lugar o Reino de Deus e a sua justiça, e todas essas coisas lhes serão acrescentadas". (Mt 6.33)

"Não acumulem para vocês tesouros na terra, onde a traça e a ferrugem destroem, e onde os ladrões arrombam e furtam. Mas acumulem para vocês tesouros nos céus, onde a traça e a ferrugem não destroem, e onde os ladrões não arrombam nem furtam. Pois onde estiver o seu tesouro, aí também estará o seu coração". (Mt 6.19-21)

Síntese
- Peregrinos verdadeiros são cumpridores da Palavra e não apenas ouvintes ou oradores.
- Cada crente vive no mundo e está tentado a "comprar" os seus tesouros vazios.
- Incrédulos muitas vezes vão rir e perseguir os cristãos quando eles se levantam para afirmar a Palavra de Deus.
- Deus nos dá sabedoria para resistir à tentação, fazer as escolhas certas, e suportar as provações.

Devocional 6
A Chave da Promessa

Baseado no Capítulo 8 – Esperança e Desespero

Depois de sobreviver a Cidade da Vaidade, Cristão e Esperança avistam uma espécie de terreno plano, que parecia ser um atalho rumo à Cidade Celestial. Mas, claro, não há atalhos para nenhum peregrino cristão e, aquela que parecia ser uma maneira agradável de chegar mais rápido, logo se transformou em um terrível sofrimento. Eles são atacados por uma tempestade e descobertos pelo Gigante Desespero. Aprisionados na masmorra do Castelo da Dúvida, eles ficam durante dias sem comida ou bebida e, consequentemente, com pouca fé de que poderiam escapar. Apesar de toda a crueldade do gigante, Esperança não deixa Cristão desistir. Assim como acontece tantas vezes conosco, quando as coisas estão no limite, Cristão de repente se lembrou que havia em seu bolso uma velha chave – a única que poderia caber naquela fechadura: *Promessa*.

Aplicação devocional

O Castelo da Dúvida e o Gigante Desespero representam a dificuldade que sentimos quando duvidamos de Deus, nos esquecendo de Suas promessas. Ele nunca nos deixará nem nos abandonará – e por mais dolorosa que seja alguma fase de nossa vida, não precisamos entrar em desespero. Podemos escapar com a indicação simples, mas profunda, dita por Esperança a Cristão: *"Nós encontraremos uma saída. Ainda há esperança! Tenha fé e não olhe para trás".*

Versículos chave

"Porque sou eu que conheço os planos que tenho para vocês', diz o SENHOR, 'planos de fazê-los prosperar e não de lhes causar dano, planos de dar-lhes esperança e um futuro". (Jeremias 29.11)

"Sabemos que Deus age em todas as coisas para o bem daqueles que o amam, dos que foram chamados de acordo com o seu propósito". (Romanos 8.28)

"Seu divino poder nos deu tudo de que necessitamos para a vida e para a piedade, por meio do pleno conhecimento daquele que nos chamou para a sua própria glória e virtude". (2 Pedro 1.3)

Síntese

- Alguns cristãos têm uma fé mais forte; outros, mais fraca. No entanto, todos nós falhamos às vezes. Precisamos incentivar uns aos outros.
- As batalhas fazem parte da vida cristã, mas Deus oferece aos crentes alívio nos momentos de provações.
- Nós podemos louvar a Deus para recebermos tudo o que precisamos para seguir a Jesus.

Devocional 7
Linha de Chegada

Baseado no Capítulo 9 – As Montanhas Deleitosas

Após escapar das garras do Gigante Desespero, Cristão e Esperança conseguem fugir para um lugar agradável chamado de Montanhas Deleitosas. Ali, eles têm o seu primeiro vislumbre da Cidade Celestial! Porém, mesmo tendo o mapa correto, eles se esquecem de olhar para ele e se perdem no caminho mais largo. Ao se depararem com uma floresta escura e tenebrosa – eles ainda teriam que contar com a providência divina para prosseguir até o seu destino final.

Aplicação devocional
Todos nós estamos separados de Deus, mas como somos Seus filhos, por mais terrível que seja o desafio, até mesmo a morte perdeu o seu aguilhão. Ainda que sejamos separados por um tempo dos nossos entes queridos, a chegada à Cidade Celestial é o fim de nossos trabalhos e problemas, bem como a consumação da nossa alegria eterna. E porque Jesus nos precedeu para abrir os portões e nos preparar este lugar, o Cordeiro que foi morto e está à direita de Deus, intercedendo por nós, nós temos a segurança de que vamos terminar bem. Assim como Cristão, nós vamos "chegar em casa" em total segurança.

Versículos chave
"Pois estou convencido de que nem morte nem vida, nem anjos nem demônios, nem o presente nem o futuro, nem quaisquer poderes, nem altura nem profundidade, nem qualquer outra coisa na criação será capaz de nos separar do amor de Deus que está em Cristo Jesus, nosso Senhor". (Romanos 8.38-39)

"Ele enxugará dos seus olhos toda lágrima. Não haverá mais morte, nem tristeza, nem choro, nem dor, pois a antiga ordem já passou". Aquele que estava assentado no trono disse: "Estou fazendo novas todas as coisas!" E acrescentou: "Escreva isto, pois estas palavras são verdadeiras e dignas de confiança". Disse-me ainda: "Está feito. Eu sou o Alfa e o Ômega, o Princípio e o Fim. A quem tiver sede, darei de beber gratuitamente da fonte da água da vida. O vencedor herdará tudo isto, e eu serei seu Deus e ele será meu filho". (Apocalipse 21.4-7)

Síntese
- O inferno é um lugar real. Aqueles que se recusam a se arrepender de seus pecados e a confiar em Cristo terão a perdição eterna quando morrerem.
- Deus promete estar com os crentes, mesmo quando eles enfrentam a morte.
- Quando finalmente estivermos em casa com nosso Salvador, vamos cantar com alegria e louvores eternamente.

AHHH...